Brooks' verbotene Sehnsucht

FARRADAY COUNTRY ⁓ BOOK TWO

CHRIS KENISTON

Indie House Publishing

DANKSAGUNG

Meine Bücher hätte ich niemals ohne die Unterstützung und Hilfe meiner Freunde, Freundinnen und Familie schreiben können.

Für „Brooks" muss ich allen voran meiner Freundin, der Autorin Kathy Ivan, danken. Jeden Nachmittag hat sie zugelassen, dass ich in ihr Haus einfalle, damit sie mich motiviert. Und natürlich geht mein Dank an Mary Sullivan für ihre Liebe zu allem, was mit Basteln, Kochen und … Kuchen zu tun hat. Außerdem möchte ich Dale Mayer, SEAL beim Militär und Autor, dafür danken, dass er an der Küste von Florida mit mir vorliebgenommen und mir alles über Olivenöl und Gehirnnebel beigebracht hat.

Mein Dank für den Aha-Moment dieses Protagonisten geht an Elizabeth Essex, herausragende Autorin historischer Romane. Sie ist außerdem verdammt gut darin, perfekte letzte Sätze zu verfassen.

Ich danke euch allen!

KAPITEL EINS

Brooks Farraday streifte seine OP-Handschuhe ab und schleuderte sie quer durch den Raum. Er hatte alles in seiner Macht Stehende getan, um die achtzigjährige Frau zu stabilisieren, doch Sam hatte zu lange damit gewartet, Liza einzuliefern. Es gab nichts, was Brooks noch tun konnte und die nächste medizinische Einrichtung, die eine Notoperation am Herzen durchführen konnte, war mehr als eine Stunde entfernt. Frustration machte sich in ihm breit, als er den Raum durchquerte, die Handschuhe vom Boden aufhob und sie in den Mülleimer warf. Verdammt, er hasste solche Tage.

Sam jetzt gegenüberzutreten war das Letzte, was er wollte. Erst vergangene Woche war die ganze Gemeinde zu ihrem sechzigsten Hochzeitstag zusammengekommen. Brooks' Praxis hier war klein: ein Wartezimmer, eine zu einem Labor umfunktionierte Küche, eine Abstellkammer, die als sein Büro diente, und zwei Untersuchungszimmer. Selbst ein Marsch durch die Flure des Taj Mahal wären nicht lang genug gewesen, um das Unvermeidliche hinauszuzögern. Sam und eine Handvoll seiner und Lizas acht Kinder starrten Brooks an. So sehr er sich auch bemühte, in solchen Situationen Emotion zu vermeiden, war ihm der Verlust dennoch anzusehen. Zwei der Töchter brachen in Tränen aus.

„Es tut mir so leid", sagte er.

Sam, ein grauhaariger und drahtiger Mann, senkte den Kopf. „Du hast alles getan, was du konntest. Das weiß ich. Liza und ich sind dir dafür sehr dankbar." Der alte Mann drehte sich um und ging zur Tür hinaus, bevor Brooks ihm anbieten konnte, sich noch ein letztes Mal zu verabschieden.

„Wir wussten, der Tag würde kommen, Brooks. Moms Herz war schon fast ein Jahrzehnt lang nicht mehr das beste." Sam und Lizas ältester Sohn gab Brooks einen Klaps auf den Arm, ließ seinen Blick durch den kleinen Raum schweifen und wandte sich dann ab. „Ich sollte besser zu Dad gehen."

In einem Strudel von Bewegungen sprachen die übrigen Geschwister ein paar Worte, bevor sie ihrem Vater folgten.

Nora Brown, seine Krankenschwester, tauchte hinter ihm auf. „Ich habe Andy vom Bestattungsinstitut angerufen. Er ist auf dem Weg hierher."

Brooks senkte den Kopf. Es war seine Aufgabe, Leben retten.

„Außerdem hat Meg angerufen und wollte dich an den Besuch ihrer Freundin erinnern. Sie schlug vor, heute Abend mit ihnen zu essen."

Er ließ seine Augen zufallen und stieß einen müden Seufzer aus. Ihm war nicht nach Geselligkeit zumute.

„Ich soll dir auch ausrichten, dass Freitagabend auch in Ordnung wäre, wenn dir das besser passt."

Seine zukünftige Schwägerin schien in der Lage zu sein, seine Gedanken vom anderen Ende der Stadt aus zu lesen, noch bevor er wusste, was er dachte. Gott möge seinem Bruder Adam beistehen. Aus Vorfreude auf die Ankunft ihrer Collegefreundin zur Hochzeit war Meg tagelang, wie ein kleines Mädchen mit einem neuen Springseil, herumgehüpft. Doch gestern hatte sie ihn plötzlich angerufen, weil sie sich wegen ihres seltsamen Verhaltens Sorgen um ihre Freundin machte.

Sie hatte Brooks gebeten, zum Abendessen vorbeizukommen, um zu sehen, ob es auch anderen auffiel. Er nickte Nora zu, die geduldig auf seine Antwort wartete. „Danke. Ich werde ihr eine—"

Die Eingangstür flog auf und Paul Brady kam hereingestürmt. „Es ist so weit, Doc. Betty Sue, sie ist im Auto. Sagt, sie bewegt sich nicht. Sie hat mich geschickt, um dich zu holen."

Brooks machte kehrt und rief über seine Schulter: „Wie lange hat sie schon Wehen?"

„Keine Ahnung. Aber die Schmerzen kommen im Abstand von fünf Minuten."

Brooks ging schnellen Schritts zu dem Auto, das mit einem Reifen schief auf dem Bordstein stand. Er musste wegen dieses verrückten Parkversuchs fast lachen. *Erstlingseltern.*

Der werdende Vater kam vor ihm beim Auto an und riss die Beifahrertür auf.

„Hey, Doc", sagte Betty Sue mit zusammengebissenen Zähnen.

„Wie läuft's denn so? Meinst du, wir können dich reinbringen?"

Betty Sue hechelte sich durch eine Wehe, nickte und atmete dann lange und tief aus. „Eigentlich möchte ich gerne pressen, aber wenn du mir kurz helfen könntest." Sie streckte ihren Arm aus und beugte sich nach vorne. „Mit der Hilfe von unserem Ricky Ricardo hier war ich mir nicht sicher, ob wir es schaffen würden."

Diesmal musste Brooks über die Anspielung auf *Alle lieben Lucy* wirklich kichern. Es fiel ihm nicht schwer, sich Paul Brady so zerstreut vorzustellen, wie Ricky Ricardo es war, als sein TV-Sohn geboren wurde. „Wenigstens hat er dich nicht vergessen", sagte Brooks mit einem trägen Lächeln, während er seinen Arm um Betty Sue legte und sie auf ihre Beine hievte.

Erst jetzt bemerkte er den wütenden Blick, den sie ihrem Mann zuwarf. „Echt jetzt?“

„Ja, hat er. Er war schon fast aus der Einfahrt, bevor er wendete, um mich zu holen.“ Betty Sue schaffte es gerade einmal bis zur Türschwelle, bevor sie sich unter einer weiteren Wehe krümmte.

„Atmen“, ermutigte sie Brooks. Nach seiner Einschätzung lagen ihre Wehen nur noch zwei oder drei Minuten auseinander. Wenn sie sich nicht beeilten und sie hineinbrachten, konnte es gut sein, dass er dieses Baby auf dem Bürgersteig zur Welt brachte. „Wie lange hast du schon Wehen?“

Die hochschwangere Frau atmete erneut tief aus. „Ich bin heute Morgen gegen fünf Uhr von ein paar Scheinwehen aufgewacht, aber gegen sieben wurde mir klar, dass es richtige Wehen waren. Nicht allzu nah beieinander. Ich habe mich auf einen langen Tag vorbereitet.“ Sie ging weiter in das Wartezimmer. „Aber vor etwa einer Stunde fingen sie an, sehr schnell zu kommen.“

„Nun, es sieht so aus, als hätte es Paul Junior für dein erstes Baby sehr eilig.“

Andy, vom Bestattungsinstitut, kam durch die offene Tür und blieb abrupt stehen. Er war so klug, zu warten, bis Brooks und seine Patientin am ersten Untersuchungszimmer vorbei waren, bevor er Nora fragend ansah.

„Zimmer eins“, sagte Nora nur.

Im zweiten Untersuchungszimmer setzten Brooks und Paul Betty Sue auf die Behandlungsliege. Dieser Raum war etwas größer als das erste Untersuchungszimmer und diente mit einem schönen Bett und heimeligen Dekorationen auch als Geburtsraum. Hinter ihnen kam Nora herein und stellte Sauerstoff bereit. Nur für den Fall.

„Lass mich mal sehen.“ Wie Brooks erwartet hatte,

war Betty Sues Muttermund vollständig geweitet. Baby Paul war bereit für seinen Auftritt. „Ich weiß, dass du pressen willst, aber ich brauche noch ein paar Sekunden."

Sich durch eine weitere Wehe hechelnd, nickte Betty Sue und streckte die Hand nach ihrem Ehemann aus. Die Geburt verlief routinemäßig und sehr zügig und innerhalb von nur fünfzehn Minuten erblickte Paul Brady Junior das Licht der Welt.

„Bereit, deinen Sohn zu halten?", fragte Brooks Betty Sue.

Mit einem Lächeln, das strahlender war als das eines Kindes am Weihnachtsmorgen, streckte die frischgebackene Mutter ihre Arme aus. Paul küsste die Stirn seiner Frau und dann den Kopf des winzigen Jungen.

„Wir müssen ihn wiegen und ein paar Standardtests durchführen, aber das kann noch ein paar Minuten warten, damit ihr drei euch kennenlernen könnt." Brooks trat zurück, seinen Blick auf das Neugeborene gerichtet. Der Kreislauf des Lebens. „Willkommen in der Welt, junger Mann. Willkommen in der Welt."

„Ich gehe mit und erhöhe um fünf." Antoinette Castellano-Bennett warf ein paar Chips in den wachsenden Stapel. Als sie sich vorgestellt hatte, wie es sein würde, nach West-Texas zu kommen und ihre Zimmergenossin vom College zu besuchen, war Pokern mit den alten Leuten nicht der Zeitvertreib gewesen, der ihr in den Sinn gekommen war.

„Ich bin raus." Dorothy Wilson, eine liebenswürdige und freundliche ältere Dame, legte ihre Karten verdeckt auf den Tisch.

„Ich auch." Sally May, eine attraktive Frau mit hochgesteckten, graumelierten Haaren und mit einem Deutschen Schäferhund zu ihren Füßen, legte ihre Karten mit einem Seufzen ab.

„Dann bleibe wohl nur noch ich übrig." Eileen Callahan, die Matriarchin der Familie, in die Tonis Freundin einheiratete, grinste so breit wie der texanische Horizont. Mit einer Hand warf sie noch mehr Chips in den Pott, während sie mit der anderen ihre fünf Karten offen vor sich hinlegte. „Drei Asse."

Das letzte Mitglied der Truppe, Ruth Ann, stieß ein frustriertes Stöhnen aus. Die kleine, sehr dünne Frau mit den zu einem lockeren Pferdeschwanz gebunden langen, grauen Haaren, erinnerte Toni in ihren Jeans und dem blauen Langarmshirt an das, was sie sich unter der Frau eines Ranchers vorgestellt hatte. Nur dass sie nicht über Rinder oder Hühner sprach, sondern jeder zweite Satz etwas mit ihrer kürzlich erfolgten Ballen-OP zu tun hatte. „Damit bin ich raus. Ich habe nur zwei Paare."

Somit hatte nur noch Toni Karten in der Hand. „Tut mir leid, Ladys. Full House: drei Damen und ein Paar Zehner."

„Ich werde mal zur Damentoilette spazieren." Sally May richtete sich auf. „Vielleicht bringt mir das Glück."

Eileen sammelte die Karten vom Tisch ein. „Also, erzähl uns doch mehr über deinen viel-reisenden Ehemann."

Während Toni ihre gewonnenen Chips in farblich passende Stapel aufteilte, überlegte sie, was sie sagen sollte. Der Anruf, der ihren Mann dazu veranlasst hatte, seine Koffer zu packen und zum Logan Airport zu eilen, um einen Flug in eines dieser Irgendwas-*stan* Länder anzutreten, war ein unerwartetes Geschenk gewesen. William arbeitete eigentlich nicht mehr auf Baustellen im Ausland, aber als der Projektbeauftragte Ingenieur auf dem Weg zum Flughafen einen schweren Herzinfarkt erlitt, suchten die Partner händeringend nach einem Ersatzprojektleiter, und William war der Einzige, der flexibel und qualifiziert genug war, um das zu erledigen.

Die Erinnerung an die grauenvolle zwanzigminütige Hektik ließ sie ihre Chips noch fester umklammern.

„Verdammt noch mal, Antoinette. Da ist zu viel Stärke in meinen Hemden. Schon wieder."

„Es tut mir leid." Sie hasste es, Hemden zu bügeln. *„Vielleicht ist dieses hier—"*

William riss ihr das Hemd aus der Hand und stopfte es in seinen Koffer. „Ich will das Hemd nicht im Flugzeug tragen."

Toni wich aus seiner Reichweite zurück. Diesen Fehler würde sie nicht noch einmal machen.

„Wenn dieser dumme Heini in der Reinigung die Stärke richtig hinbekommt, gibt es keinen Grund, warum du das nicht auch hinbekommen solltest. Man muss kein Rhodes-Stipendiat sein, um ein Hemd zu bügeln."

„Toni?" Eileens Hände hatten mitten unterm Mischen aufgehört und ihre Augenbrauen waren besorgt zusammengekniffen.

„Sorry, ich war mit den Gedanken woanders. Ja. William reist nicht mehr viel. Er passt gut auf mich auf. Mag es überhaupt nicht, von mir getrennt zu sein, aber dieses Mal hatte er keine Wahl."

„Nun, es war ein großer Zufall, dass seine längere Reise mit meiner Hochzeit zusammenfällt, auch wenn ich meine besten Überredungskünste einsetzen musste, um dich dazu zu bringen, mich jetzt schon zu besuchen und nicht erst am Hochzeitswochenende." Meg

O'Brien – zukünftige Farraday – stellte sich mit einer Kaffeekanne in der Hand neben Toni. „Klingt, als wäre er ein sehr liebevoller Ehemann geworden."

„Ja, liebevoll." Toni zwang sich zu dem *Ich bin so glücklich verheiratet*-Plastiklächeln, das sie in der Öffentlichkeit immer aufsetzte. Unter dem Tisch die Hände zu Fäusten ballend, verdrängte sie die letzten Worte ihres Mannes auf dem Weg zur Tür.

„Ich weiß nicht, wie zuverlässig die Satelliten in diesem gottverlassenen provisorischen Ingenieurslager sind. Vergiss um Gottes willen nicht, dein Handy aufzuladen. Oder noch besser, bleib in der Nähe des Hauses. Wer weiß, was ich in dieser armseligen Gegend noch alles brauchen werde ..."

Sie wusste, was in der Nähe des Hauses bedeutete. Nicht, als wäre es hart, das einzuhalten. Wo konnte sie schon hin?

„Meine Mutter wird in ein paar Wochen von ihrer Kreuzfahrt heimkehren. Wenn sie zurückkommt, werde ich dafür sorgen, dass du bei ihr wohnst, solange ich weg bin." Sein Blick huschte durch die makellose Wohnung. „Wenn ich es irgendwie einrichten kann, bin ich früher als in drei Monaten wieder da. Dieses Drecksloch ist kein Ort für einen Mann wie mich."

Sie nickte. Sie war sich nicht sicher, was er als nächstes von ihr erwartete. Würde er jetzt wollen, dass sie ihm den Rest seiner Sachen reichte, damit das Packen schneller ging, oder war das der Zeitpunkt, an dem nichts, was sie tat, richtig war? Der Wutausbruch über das Hemd hatte sie glauben lassen, dass es besser wäre, auf Anweisungen zu warten. Vielleicht.

„Meg hat Recht." Eileen verteilte die Karten „Es ist immer schön, Freunde zu Besuch zu haben. Und sie hat mir erzählt, dass du auch eine gute Köchin bist? Sie muss ein bisschen gemästet werden. Da sie jeden Morgen hier arbeitet und den Rest der Zeit dieses alte

Haus renoviert, ist sie bald nur noch Haut und Knochen. Da fällt mir ein." Während sie ihre Karten sortierte, schaute Eileen über ihre Schulter zu Meg. „Ich bin fast fertig mit den Gardinen für die alte Stube. Das sind die letzten Vorhänge."

„Klingt, als wäre es Zeit für eine Dekorationsparty." Sally May hob ihre Karten auf.

Eileen nickte. „Es hat Spaß gemacht, das alte Haus wieder zum Leben zu erwecken."

Nach dem, was Meg Toni erzählt hatte, verbrachte der Farraday-Clan mehr Zeit damit, das alte viktorianische Haus herzurichten, als sie in ihre eigenen Häuser investiert hatten. Meg schien jede Minute davon zu genießen, plötzlich Teil einer großen, eng zusammengeschweißten Familie zu sein. Toni konnte sich das nicht vorstellen. Wann immer die Familie ihres Mannes in Boston aufkreuzte, war Hilfsbereitschaft nicht das erste Wort, das ihr in den Sinn kam.

„Klingt gut." Ein Kunde vom anderen Ende des Cafés winkte Meg herüber und sie verschwand in seine Richtung.

Als Toni William heiratete und sich im belebten Herzen von Bostons Back Bay niederließ, dachte sie, sie hätte im Lotto gewonnen. Doch jetzt, wo sie sah, wie Meg lächelte und von Tisch zu Tisch flatterte und von innen heraus strahlte, fragte sich Toni, ob sie jemals so glücklich gewesen war. Ohne ihre Karten richtig zu betrachten, warf Toni sie auf den Tisch. „Ich glaube, ich setze dieses Mal aus. Ich könnte ein wenig frische Luft gebrauchen."

„Oh, gut." Ruth Ann sprang lachend auf. „Ich setze mich auf den heißen Platz, solange sie weg ist."

Meg eilte zurück zum Tisch. „Willst du schon gehen? Ich habe nur noch etwa eine halbe Stunde, bis Shannon kommt."

„Ich wollte mir eigentlich nur die Beine vertreten,

aber vielleicht wäre ein schöner Spaziergang nach Hause besser."

Meg musterte sie ein wenig länger, als ihr lieb gewesen wäre. „Gute Idee. Die Hintertür ist nicht verschlossen. Ich komme so schnell wie möglich nach."

„Keine Eile."

„Findest du den Weg?"

Toni musste fast lachen. Die Stadt war nicht besonders groß, und das, was es gab, war in einem einfachen Raster gebaut worden. Sie würde keine fünfzehn Minuten brauchen, um die Hauptstraße hinunterzulaufen und dann in Megs Block einzubiegen. „Ich komme schon zurecht."

„Sehen wir dich am Samstag zum Kartenspielen?" Dorothy Wilson blickte auf. „Nora ist samstags dabei."

„Ich weiß nicht. Kommt darauf an, wieviel Arbeit noch bei Meg erledigt werden muss", sagte Toni.

„Arbeit, von wegen!" Meg zwinkerte ihrer Freundin zu. „Am Samstag fahren wir nach Abilene. Ich muss noch ein paar Einkäufe machen."

„Ich bin dabei." Toni lächelte ihre Freundin an und bemerkte, dass sie zum ersten Mal seit sehr langer Zeit wirklich aus tiefstem Herzen lächelte.

Obwohl sie die Läden auf der Main Street schon beim Fahren durch die Stadt gesehen hatte, nahm sie sich jetzt die Zeit, die Leute zu beobachten, die kamen und gingen, und die Schaufenster etwas länger zu betrachten. Das Innere des Cut and Curl sah so aus, als hätte es sich seit dem Tag, an dem es gebaut worden war, nicht viel verändert. An der Rückwand waren mehrere der altmodischen riesigen Haartrockner aneinandergereiht. Sogar jetzt saßen dort zwei Frauen Seite an Seite und blätterten in Zeitschriften.

Wenn Toni sich West-Texas vorstellte, hatte sie

eine Vision von Clint Eastwood, der Kühe durch eine Stadt mit hölzernen Bürgersteigen jagte. An Andy Griffiths Mayberry hatte sie nicht gedacht.

Als sie gerade um die Ecke in Megs Straße biegen wollte, erregte ein dumpfes *Wuff* ihre Aufmerksamkeit. Da sie noch zu weit von den Wohnhäusern entfernt war, um in der Nähe eines Gartens mit einem Hund zu sein, hielt sie inne und sah sich um. Nichts. Nach ein paar weiteren Schritten hörte sie es wieder, nur dass das Geräusch dieses Mal mehr wie ein Winseln klang. Woher kam es?

Toni nahm sich Zeit, die Gegend abzusuchen, und ging langsam und vorwärts, wobei sie aufmerksam lauschte. Da war es wieder, ein wenig lauter, und es kam von der anderen Straßenseite. Sie verließ den Bordstein und forderte das Tier geradezu auf, sich zu zeigen. Eine Bewegung im Gebüsch neben einem mit Brettern verkleideten Haus verriet ihr, dass sie in die richtige Richtung ging, als eine schwarze Schnauze auftauchte, gefolgt von einem felligen Körper und schließlich einem hängenden Schwanz. Das Tier kam auf sie zu … Und es hinkte.

Für einen kurzen Moment hatte sie gedacht, es könnte Sally Mays Schäferhund sein, aber dann stellte sie fest, dass dieser Hund eher grau als braun war und etwas kleiner als der achtzig Pfund schwere Schäferhund. „Oh. Na du?" Sie war fast auf der anderen Straßenseite, als sie in die Hocke ging und wartete, bis der Hund die Lücke zwischen ihnen schloss. „Was ist passiert?"

Ohne jedes Anzeichen von Angst oder Zögern kam der Hund auf sie zu und stupste mit seiner Nase gegen ihre ausgestreckte Hand.

„Na, du bist aber ein freundliches Kerlchen, nicht wahr?"

Sein Schwanz wedelte kurz, als Toni den Hund

hinter dem Ohr kraulte und dann mit der anderen Hand seinen Rücken entlang strich. Oder ihren. Kein Halsband. Kein zotteliges Fell. Dünn, aber nicht knochig. Der Hund war entweder schon eine Weile auf sich allein gestellt und wusste, wie er sich selbst versorgen konnte, oder er hatte ein geiziges Herrchen. Als sie ihre Hand sanft über das Bein gleiten ließ, das der Hund zu bevorzugen schien, stieß der friedliche Hund ein kleines Winseln aus.

„Okay, sieht so aus, als müssten wir dir einen Tierarzt suchen. Zufällig weiß ich, wo es einen sehr guten gibt."

Der Hund, der die ganze Aufmerksamkeit auskostete, bewegte sich und rieb sich an ihr. Sie verstand genau, wie sich der arme Hund fühlte. Einsamkeit war scheiße.

KAPITEL ZWEI

Betty Sue und Paul waren noch ein paar Stunden geblieben, während Brooks und Nora sich vergewisserten, dass mit der Ankunft von Paul Junior alles in Ordnung war. Doch vor etwa einer Stunde war die junge Familie nach Hause gegangen. Da für den Rest des Nachmittags keine Termine mehr anstanden und die Melancholie über Lizas Tod noch anhielt, bestand Nora darauf, dass er zur Ranch fuhr, um beim Arbeiten etwas Dampf abzulassen. Die Idee war gut.

Das Medizinstudium mochte ihn zwar die meiste Zeit seines Erwachsenenlebens von zu Hause ferngehalten haben, aber sein Herz war immer auf der Ranch geblieben. Selbst jetzt wünschte er sich, er könnte einige seiner Brüder dazu überreden, die Arbeit zu schwänzen und Frösche im Bach zu jagen. Vielleicht hatte Nora aber auch recht, und ein Nachmittag, an dem er für seinen Bruder Finn die Ställe ausmistete, wäre genau die harte Arbeit, die er brauchte, um den Kopf freizubekommen. Fast am Ende der Main Street angekommen, überlegte er, was er wegen Meg tun sollte. Sie von der Ranch aus anzurufen, ergab Sinn – dann wäre er zu weit weg, um zum Abendessen wieder in der Stadt zu sein. Vielleicht würde seine zukünftige Schwägerin sich bis zum Abendessen am Freitag entschieden haben, dass ihre Freundin doch keinen Arzt brauchte.

Obwohl er sich vorgenommen hatte, anzurufen, sobald er die Ranch erreicht hatte, entschloss er sich, noch kurz nachzusehen, wie es mit Megs Haus voranging. Als er sich langsam dem alten viktorianischen Gebäude näherte, fiel sein Blick auf den großen Klumpen, der mitten auf der Straße lag. Was zur Hölle? Seine Verwirrung wuchs, als er erkannte, dass zumindest ein Teil des Klumpens aus einer zusammengekrümmten Person bestand. Würde der heutige Tag denn nie enden? Er wollte nicht glauben, dass irgendjemand in Tuckers Bluff einen Fußgänger überfahren und dann Fahrerflucht begehen würde, aber genau danach sah es für ihn aus. Er hielt an, schnappte sich seine Arzttasche vom Beifahrersitz und sprang aus dem Auto. Da er nicht wusste, wie lange die Person bereits zurückgelassen worden war, verlangsamte sich sein Tempo.

Ein großes pelziges Tier hob den Kopf und Brooks würde vor Gericht beschwören, dass die Kreatur ihm in die Augen blickte und nickte, bevor sie davonflitzte. Etwas, das jetzt eindeutig eine Frau war, sprang auf und drehte sich zu ihm um. „Sie haben ihn erschreckt."

Als er aufwuchs, kannte Brooks alle Einwohner von Tuckers Bluff. Aber die Stadt war während seiner Abwesenheit so stark gewachsen, dass er einfach nicht mehr jeden so gut kannte wie früher, und diese Frau kam ihm überhaupt nicht bekannt vor. „Ist er verletzt?"

„Er hinkt."

„Wissen Sie, wie er sich verletzt hat?" Brooks rannte über die Straße. Sein Bruder Adam war der Tierarzt in der Familie, aber wenn es der Hund war, der von einem Auto angefahren wurde, musste er dieser Frau zumindest helfen, ihr Haustier in Adams Praxis zu bringen.

„Nein. Ich hörte ihn winseln und habe ihn dazu gebracht, zu mir zu kommen."

„Sie haben Glück, dass niemand Sie beide überfahren hat."

Die Frau, die sich bereits in Richtung der Büsche bewegte, in denen der Hund verschwunden war, drehte sich mit einer bis zur Stirn hochgezogenen Augenbraue zu ihm um. „In dieser Stadt?"

„Wir haben Autos. Wie heißt er?" Brooks folgte der Frau auf der Suche nach ihrem Hund.

„Er gehört mir nicht."

Das brachte ihn zum Stehen. Die Vorstellung, einem verletzten Streuner hinterherzujagen, gefiel ihm nicht. Von einem tollwütigen Tier gebissen zu werden, stand nicht auf seiner Top-Ten-Liste. Und dieses zierliche Ding wegen eines Hundebisses zu behandeln auch nicht. „Sie bleiben besser hier. Er könnte bösartig werden, wenn er verletzt ist."

„Er ist ganz brav. Ich habe ihn gerade hinterm Ohr gekrault, als Sie aus diesem Panzer gesprungen sind und ihn verscheucht haben."

„Mitten auf der Straße." Die Bemerkung rechtfertigte eine Wiederholung.

Ihre Hände fielen schwer auf ihre Hüften. Sie verdrehte die Augen, ziemlich große, hübsche, ozeanblaue Augen. Sie stieß einen Seufzer aus, wodurch sich ihre Brust vor seiner Nase hob und senkte. „Ich glaube, ab hier schaffe ich es allein. Danke."

Sein Blick fiel sofort auf den Schmuck, der ihre linke Hand zierte. Der Stein blendete ihn zwar nicht, aber er kam dem schon verdammt nahe. Zu schade. Irgendetwas an diesen Augen hatte ihn an einen Ort gelockt, an dem er nichts zu suchen hatte – und nicht bleiben wollte.

Sie drehte sich um und fing in einem sanften, süßen Ton an zu rufen: „Hier, Kumpel. Komm zurück, Kleiner."

So sehr er auch versucht war, genau das zu tun, was sie vorgeschlagen hatte, und die Flucht zur Ranch anzutreten, war er sich ziemlich sicher, dass irgendwo im hippokratischen Eid etwas darüber stehen musste, dass man eine wahnhafte Frau nicht allein lassen durfte, um einem möglicherweise tollwütigen verletzten Tier nachzujagen. „Sie sollten mich das lieber erledigen lassen."

„Warum?" Sie wirbelte herum und blickte ihn finster an. „Sie glauben, er ist bösartig. Oder sie. Ich kann das schon alleine."

Der Busch neben dem leerstehenden Laden raschelte und die zierliche Frau drehte sich schnell um und hatte Brooks sofort vergessen.

„Ist schon gut, Süßer", gurrte sie. „Der gemeine, große Mann geht jetzt weg."

Das brachte Brooks wieder dazu stehenzubleiben. Er war nicht gemein. Er war ein netter Kerl. Ein guter Kerl. Jeder mochte ihn. Wirklich jeder. Das Bedürfnis, ihr plötzlich das Gegenteil zu beweisen, trieb ihn vorwärts. Brooks machte sich klein und kroch praktisch zum Gebüsch. „Komm her, Junge, es ist alles in Ordnung."

Die beiden bewegten sich Stück für Stück, gurrten in die nun stillen Äste und pfiffen leise, um das Tier wieder ins Freie zu locken.

„Ich glaube immer noch, dass er Angst vor Ihnen hat", sagte die Frau in einem sanfteren Ton, während sie sich vorbeugte, um hinter den Busch zu schauen. „Er ist nicht hier." Ihr Blick wanderte an der Mauer entlang zu einem leeren Parkplatz. „Ich sehe ihn nicht."

Brooks richtete seinen Blick auf die freie Fläche und er suchte die unmittelbare Umgebung und dann die Straße in beide Richtungen ab. „Ich sehe keine Spur von ihm. Er hob seine Finger an die Lippen und stieß einen scharfen, lauten Pfiff aus. Nichts. „Vielleicht ist er nach Hause gegangen."

„Ich glaube nicht, dass er zu jemandem gehört." Sie ging weiter zu dem leeren Parkplatz und spähte hinter jegliches Grün.

„Wie kommen Sie darauf?"

Stirnrunzelnd richtete sie sich auf und sah ihn an. „Er hatte kein Halsband, aber es lag eher an seinem Zustand."

Er wartete auf eine genauere Beschreibung.

„Ich denke, ungeliebt beschreibt ihn am besten."

„Ungeliebt?"

„Sie wissen schon, er ist nicht dünn, also wurde er gefüttert, aber er hat kein Gramm zusätzliches Fett auf den Rippen. Niemand, der ihm Reste unter den Tisch schiebt oder Leckerlis, wenn er etwas gut gemacht hat. Sein Fell war nicht verfilzt oder schmutzig, als würde er auf der Straße leben, aber es war auch nicht glänzend und weich, als hätte sich jemand die Zeit genommen, ihn zu bürsten." Sie holte Luft und zuckte mit den Achseln. „Ich weiß nicht. Vielleicht bin ich übermäßig empfindlich."

Ein geistesabwesender Blick, als wäre sie an einen Ort gegangen, an dem sie nicht sein wollte, fiel auf ihr Gesicht. Für einen kurzen Moment war Brooks versucht, zu fragen, was los war. Herauszufinden, was das plötzliche traurige Glitzern in ihre Augen brachte, doch das war nicht seine Aufgabe. Diese Ehre gebührte dem Mann, der ihr den Stein an den Finger gesteckt hatte. „Nun, ich werde um den Block gehen und nachsehen, ob er in der Nähe ist. Ansonsten muss ich annehmen, dass er dorthin zurückgelaufen ist, wo er herkam." Etwas, das Brooks auch tun musste. Und zwar bald. Er mochte die Instinkte nicht, die diese Frau in ihm auslöste.

In der Ferne war das Grollen eines Motors zu hören. Bevor Toni begreifen konnte, wie weit es entfernt war, hatte der Fremde seinen Arm bereits um ihre Taille gelegt und sie vom Bordstein weggezogen. Da sie in eine Welt des Selbstmitleids abgedriftet war, hatte sie nicht einmal bemerkt, dass sie sich wieder auf die Straße zubewegt hatte. „Ich sollte den Hund suchen."

„Ma'am, vielleicht sollte ich Ihren Ehemann anrufen, um Sie abzuholen. Ich habe Beziehungen zur Polizeiwache. Ich werde dort anrufen und fragen, ob jemand einen Hund vermisst. Wenn ja, dann werden wir ihn finden und dafür sorgen, dass er zu seinem Besitzer zurückkommt."

Wieder einer *dieser* Männer, die denken, dass eine Frau keinen Grund hat, selbst zu denken und einen Mann braucht, der sie an der Hand führt. Das kannte sie schon, und sie hatte genug davon.

Das Dröhnen eines riesigen Pickups verstummte zu einem dumpfen Brummen neben ihnen und das Fenster wurde heruntergelassen. „Wie ich sehe, habt ihr euch schon kennengelernt." Megs Verlobter Adam ließ seinen Arm aus dem offenen Fenster hängen. „Meg hat mir gerade geschrieben, dass sie auf dem Weg nach Hause ist. Habt ihr vor, den ganzen Tag hier draußen zu quatschen oder wollt ihr zum Abendessen reinkommen?"

Toni wandte sich dem Mann zu, der sie nun mit großen smaragdgrünen Augen anstarrte. Natürlich, er musste einer der Farraday-Brüder sein. Der Arzt. Brooks. Die Ähnlichkeit zu Adam war verblüffend. Wäre sie nicht so sehr in Sorge um den Hund gewesen, hätte sie die Ähnlichkeiten bemerkt.

Der statuenhafte Arzt mit dem tiefschwarzen Haar

und den hypnotisierenden Augen trat zur Seite, um seine Arzttasche aufzuheben, und wandte sich dann an seinen Bruder: „Ich war gerade auf dem Weg zur Ranch. Ich dachte, ich könnte Finn ein wenig helfen. Ein paar Ställe ausmisten."

Adams Augenbrauen zogen sich sofort zu einem grübelnden Stirnrunzeln zusammen. Sie hatte keine Ahnung, was am Ausmisten von Ställen so beunruhigend war, aber andererseits wusste sie auch nicht das Geringste über das Leben auf einer Ranch. Es hätte auch sein können, dass Ausmisten ein Code für *irgendein wichtiges Tier auf der Ranch ist in Schwierigkeiten* ist.

Die Falte auf Adams Stirn blieb unverändert. „Es ist schon etwas spät für diese Art von Arbeit."

Es war nicht zu übersehen, dass das Licht in den Augen, die sie eben noch so überrascht angeschaut hatten, schwächer wurde. Ihr Herz zog sich angesichts der Traurigkeit zusammen, die ihnen nun innewohnte. Anstatt mit Worten zu antworten, drehte sich Brooks lediglich zu Adam um und zuckte mit den Schultern.

„Ich sollte dich besser vorwarnen." Mit entspannter Miene zuckte Adam ebenfalls mit den Achseln. „Becky ist früher gegangen, weil Dad und Tante Eileen heute Abend mit ihr und ihrer Großmutter zu Abend essen. Wenn du zur Ranch gehst, wirst du Finns Kochkünste ertragen müssen."

Die Art und Weise, wie sich Brooks' Gesicht bei diesem Gedanken verzog, brachte Toni fast zum Lachen.

Adam hingegen gab sich keine Mühe, seine Heiterkeit zu verbergen. „Heute Abend gibt es Lasagne. Toni hat gestern die Soße gemacht. Ohne irgendwelche Fertigprodukte. Ich durfte kosten. Glaub mir, du willst mit uns essen."

Brooks warf ihr einen Blick zu und Toni hob eine

Schulter. „Was soll ich sagen? Ich bin Italienerin."

Während sein Blick von links nach rechts über ihr blondes Haar wanderte, zog Brooks eine Augenbraue hoch.

„Nord-Italienerin", erklärte sie. „Meine Vorfahren würden sich im Grab umdrehen, wenn ich Soße im Glas kaufe."

Ein strahlendes Lächeln breitete sich auf Brooks Gesicht aus. Ihr ganzer Körper fühlte sich an, als ob sie plötzlich in einen wärmenden Sonnenstrahl getreten wäre.

„Sieht so aus, als würdet ihr zum Abendessen Gesellschaft bekommen." Brooks nickte seinem Bruder zu.

„Gut." Adam lehnte sich in seinen Truck zurück. „Soll ich dich mitnehmen, Toni?"

„Klar." Sie warf einen letzten Blick über ihre Schulter, um noch einmal nach Hinweisen auf den Hund Ausschau zu halten, konnte aber keine finden. Dann ging sie um die Motorhaube herum und stieg ein. Brooks folgte ihnen in seinem riesigen SUV. Was hatte es mit Texas und Autos auf sich, die groß genug waren, um als Haus durchzugehen?

Da es nur noch ein kurzes Stück den Block hinauf ging, hatte sie kaum Zeit, mit dem Sicherheitsgurt herumzuhantieren, bis Adam in die Einfahrt fuhr und es Zeit war, sich wieder abzuschnallen.

„Soll ich dir runterhelfen?", fragte Adam.

„Nope. Ich kann genauso gut springen wie jeder andere auch", stichelte sie. Adams Truck war wahrscheinlich der größte, den sie jemals gesehen hatte und sie hatte nicht übertrieben, als sie springen sagte. Wenn Sie ihre Beine vom Beifahrersitz baumeln ließ, war sie bei einer Körpergröße etwas über ein Meter sechzig immer noch über dreißig Zentimeter vom Boden entfernt. Sie packte den Griff zu ihrer rechten, stellte sich auf das Trittbrett und sprang ab. „Siehst du?"

„Ziemlich gut für ein Stadtmädchen."

Das strahlende Lächeln, das Adam ihr zuwarf, machte es leicht, zumindest einen Grund zu verstehen, warum Meg sich Hals über Kopf in den Cowboy-Tierarzt verliebt hatte. Aber trotz der hohen Leuchtkraft seines Lächelns hatte es nicht annähernd die Wirkung auf sie wie das breite Grinsen seines Bruders. Und diese Wirkung war etwas, das sie nicht gebrauchen konnte.

Das Interessante an einer Stadt von der Größe einer Briefmarke war, wie schnell ein Mensch von einem Ort zum anderen gelangen konnte. Adam hatte kaum die Autotür hinter Toni zugeschlagen, als Meg in die Einfahrt bog.

Selbst wenn Toni das Auto nicht gehört hätte, hätte sie an der Veränderung in Adams Gesicht erkannt, dass Meg angekommen war. Das höfliche Lächeln, das er Toni geschenkt hatte, war kein Vergleich zu dem Leuchten in seinen Augen oder der Kraft seines Grinsens, als sein Blick auf seine Verlobte fiel. Der Kerl triefte so vor Liebe, dass er ein Aushängeschild für eine kitschige Romanze hätte sein können. Eine dieser Glücklich-bis-an-ihr-Lebensende-Geschichten, die alle sehnsüchtigen, alleinstehenden Frauen von Prinz Charming, Mr. Darcy und Richard Gere träumen ließ. In ihrem Fall jedoch wachte sie eines Tages aus diesem Traum auf und starrte im Spiegel in ein blaues Auge, das dick mit Make-up bedeckt war, während sie vom anderen Ende des Zimmers ein Fremder anstarrte, der nicht die geringsten Anstalten machte, sich zu entschuldigen.

„Toni." Die ruhige Stimme und die noch sanftere Berührung an ihrem Arm ließen sie einen Schritt zurückschrecken. Brooks wich sofort zurück.

„Entschuldige, ich wollte dich nicht erschrecken."

„Nein." Sie schüttelte den Kopf und winkte entschuldigend mit der Hand. Sie hatte gar nicht bemerkt, dass er nähergekommen war. „Ich war in Gedanken versunken."

Mit einem kurzen Nicken blickte Brooks zu seinem Bruder und seiner zukünftigen Schwägerin hinüber und wandte sich dann dem Haus zu. Der starke, schweigsame Typ. Vielleicht waren die Männer aus Texas aus einem anderen Holz geschnitzt.

KAPITEL DREI

„Wie lange dauert es noch bis zum Abendessen?" Adam hängte seinen Hut an dem Haken neben der Tür.

„Sobald der Ofen warm ist, werde ich die Lasagne aufwärmen." Toni hatte ein breites Lächeln auf den Lippen und band sich die Schürze hinter dem Rücken zu, während sie praktisch in Richtung Ofen tanzte. Was für eine Kehrtwende zu ihrer schlechten Laune von zuvor.

„Gut. Ich bin heute schon seit fünf Uhr auf den Beinen." Adam folgte ihr in die Küche und steuerte direkt auf ein mit Folie bedecktes Tablett auf der Arbeitsplatte zu.

„Das ist die Nachspeise." Meg schlich sich an ihn heran und schlug ihm auf die Hand. „Verdirb dir nicht den Appetit."

„Das Truthahnsandwich, das Becky mir zum Mittagessen aufgetischt hat, hat sich schon vor Stunden in Luft aufgelöst. Ich müsste einen ganzen Elefanten essen, um mir den Appetit zu verderben." Adam drehte sich zu seinem Bruder um. „Die musst du probieren. Ich bin keine Naschkatze, aber diese Dinger können einen Mann schnell süchtig nach Zucker machen."

Meg hatte die Folie wieder über das Tablett gepackt, bevor Brooks einen genauen Blick darauf werfen konnte, aber ihm war Tonis Grinsen über Adams Begeisterung nicht entgangen. Mein Gott. Sie war absolut hinreißend, wenn sie lächelte. Kurze blonde Locken umrahmten ein Gesicht mit aufgeregt funkelnden Augen und blassrosa Wangen. Sein Magen verkrampfte sich und sein Blick fiel erneut auf den Stein an ihrer linken Hand. *Beruhig dich.* Die Dame war vergeben und er sollte sich besser zusammenreißen.

„Wenn ihr euch benehmt", rief Toni über ihre Schulter, während sie mit einer Auflaufform in den Händen die Ofentür öffnete, „verspreche ich, noch mehr zu machen."

„Und mach noch ein paar mehr, die ich zu Abbie mitnehmen kann", warf Meg ein. „Ich glaube, sie wären eine gute Ergänzung für die Dessertkarte."

„Ich weiß nicht..." Das strahlende Lächeln verschwand aus Tonis Gesicht und die düsteren Gedanken von zuvor trübten ihre Augen.

„Kann mir hier mal jemand sagen, was dieses wunderbare Dessert ist?" Brooks wagte es, mit dem Finger die Ecke des mit Folie bedeckten Tabletts zu berühren, doch Meg schlug ihm ebenso auf die Finger wie zuvor seinem Bruder.

„Das ist Tonis berühmte Spezialität."

„Berühmt?" Er warf erneut einen Seitenblick auf das Tablett.

„Ja." Meg legte ihre Fäuste an ihre Hüften. „Berühmt. Damals in der Schule hätten die Kids ihre Seele dafür verkauft. Und damals hatte sie nur drei Geschmacksrichtungen."

Toni knallte die Ofentür zu und drehte sich um. „Vanille, Schokolade und Red Velvet."

„Ich liebte die Red Velvet." Meg stieß einen wehmütigen Atemzug aus.

„Ich fand die mit Minz-Geschmack gut." Adam beäugte das Tablett. Jeder, der ihn beobachtete, konnte beinahe sehen, wie er sich im Kopf die Chancen ausrechnete, sich eines zu stibitzen, wenn Meg nicht aufpasste.

„Ich weiß immer noch nicht –“, begann Brooks.

„Törtchen“, sagten drei Stimmen im Chor.

So viel Wirbel um Törtchen? Brooks blickte vom Tablett zu seiner Schwägerin, zu seinem Bruder und dann zu der zufriedenen Bäckerin und zuckte mit den Schultern. Seine Gedanken wanderten zu den würzigen Aromen von Knoblauch und gebackenem Käse, die bereits aus dem Ofen durch die neu gestaltete Küche strömten, und sein Magen knurrte. „Ich weiß nicht, wie es mit dem Kuchen aussieht, aber die Lasagne riecht fantastisch.“

Wieder eroberte ein strahlendes Lächeln Tonis Gesicht und Brooks musste sich besonders anstrengen, seine Gedanken zusammenzuhalten, bevor sie in die völlig falsche Richtung wanderten.

„Das Abendessen ist frühestens in zwanzig Minuten fertig.“ Toni wandte sich dem Kühlschrank zu. „Wieso sucht ihr euch nicht etwas, womit ihr euch beschäftigen könnt.“

„Gute Idee.“ Meg nahm mit der einen Hand einen Salatkopf von ihrer Freundin entgegen und scheuchte mit der anderen die Männer fort.

„Du kannst mir ja mal zeigen, was sich seit letzter Woche verändert hat.“ Brooks marschierte pflichtbewusst hinter seinem Bruder her. Seit Meg das heruntergekommene viktorianische Haus gekauft hatte, hatte es sich langsam vor seinen Augen verwandelt.

„Der erste Stock ist fast fertig und wir haben mit der Suite im Dachgeschoss begonnen.“ Mit ein paar Bieren aus dem Kühlschrank in der Hand bog Adam in den großen Flur und ging dann durch die Hintertür hinaus. „Ich glaube tatsächlich, dass Meg das Haus rechtzeitig für die Hochzeitsgäste in Schuss bringt.“

„Sie ist unglaublich. Niemand hätte gedacht, dass

sie es schaffen würde."

„Das ist wohl wahr. Aber ohne die Hilfe der Familie hätten wir es nicht geschafft."

Eines der ersten Dinge, die die Familie gemeinsam in Angriff genommen hatte, war der Wiederaufbau der verrotteten Veranda und die Erweiterung des hinteren Bereichs um ein paar Meter. Jetzt war der große Außenbereich in zwei Bereiche unterteilt. Links standen ein Tisch und Stühle zum Essen oder Kartenspielen und auf der anderen Seite mehrere dunkelgrüne Schaukelstühle aus Holz. Brooks musste fast lachen, als er sich an die Farbauswahl für die Stühle erinnerte. Meg hatte auf weiß bestanden, während Tante Eileen vorgeschlagen hatte, dass ein dunklerer Braunton oder ein verbranntes Orange schön wäre. Die Brüdern hätten sich bei der Erwähnung des Orangetons fast übergeben und ihr Vorschlag, kastanienbraun zu wählen, setzte sich fast durch, bis Becky Wilson, Adams Assistentin und langjährige Freundin der Familie, beiläufig das dunkle Grün der alten Schaukelstühle erwähnte, die in ihrer Jugend auf der Veranda der Farradays gestanden waren. Die längst ausgetauschten Möbel waren ursprünglich von seiner Mutter in diesem Farbton gestrichen worden. Mehr wurde nicht gesagt, und doch wusste jeder, dass die Stühle auf der Veranda von Adam und Meg dunkelgrün gestrichen werden würden.

„Also", Adam reichte seinem Bruder eine langhalsige Flasche. „Willst du mir erzählen, warum du um diese Uhrzeit auf dem Weg warst, Ställe auszumisten?"

Brooks wusste, dass ein Nein nicht akzeptiert werden würde. Aber er wusste auch, dass sein zwei Jahre älterer Bruder es am ehesten verstehen würde. „Liza Cannon hatte einen Herzinfarkt."

Schmerz verdunkelte Adams Gesicht. „Sie hat es

nicht geschafft."

Es war keine Frage, aber Brooks schüttelte trotzdem den Kopf. „Sie haben mir gedankt."

„Die Familie weiß, dass du alles versucht hast."

Selbst wenn er sich im Paradies niederlassen würde, könnte er Tagen wie diesem nicht entfliehen.

„Ich habe heute Morgen Ralph Brennan im Futtermittelladen getroffen. Adam nahm einen Schluck von seinem Bier. „Er sah sehr ... gut gelaunt aus. Wollte wissen, ob Connor in nächster Zeit nach Hause kommt."

„Connor?"

Adam hob leicht eine Schulter. „Anscheinend hat Connor den alten Brennan kurz besucht, als er das letzte Mal zum Sonntagsessen hier war."

„Weiß Finn davon?"

Adam zuckte erneut mit den Achseln. „Bin mir nicht sicher, aber das war die längste Unterhaltung, die ich mit Brennan hatte, seit seine Frau gestorben ist."

Es war schwer, sich daran zu erinnern, wie fröhlich ihr Nachbar einst gewesen war, als sie noch sehr jung waren. Die erste Veränderung war eingetreten, als die Tochter der Brennans beschloss, nach der Schulzeit im Norden zu bleiben und zu heiraten, aber der eigentliche Schlag war gewesen, als die Frau des alten Mannes verstarb. „Er hat also Pläne mit Connor gemacht, nicht mit Finn?"

„Das hat er nicht gesagt, aber ich hatte das Gefühl, dass er es eilig hatte, was auch immer seine Pläne sind."

„Wirklich?" Brooks konnte sich nicht erinnern, dass ihr griesgrämiger alter Nachbar es je mit irgendetwas eilig gehabt hätte.

„Ich habe Connor eine Nachricht geschickt. Er hat noch nicht geantwortet."

„Ja, manchmal ist es leichter, von Ethan zu hören,

der mitten über dem Niemandsland herumfliegt, als von Connor, der weniger als einen Bundesstaat entfernt ist."

„Das kannst du laut sagen. Vielleicht liegt es am älter werden, oder vielleicht hat es etwas mit Meg zu tun, aber ich fange an, wie Tante Eileen zu denken. Ich wünsche mir, dass alle meine Brüder zu Hause in Sicherheit und in der Nähe sind."

„Nur deine Brüder?"

„Natürlich hätte ich auch Grace näher bei uns, aber die juristische Fakultät in Dallas ist kein Vergleich zu den Gefahren, die die Arbeit auf einer Bohrinsel mit sich bringt, oder der Gefahr, von Terroristen beschossen zu werden."

Brooks stieß einen Seufzer aus. Es gab Tage, an denen sich die Arbeit in der Notaufnahme von Parkland genauso angefühlt hatte wie die Arbeit in einem Kriegsgebiet. Aber Adam hatte recht, es gab keinen Grund, ein Klassenzimmer in einem der vornehmsten Viertel von Dallas mit einem innerstädtischen Krankenhaus zu vergleichen. „Wenn es etwas Neues gibt, wird Tante Eileen es bis zum Abendessen am Sonntag aus erster Hand erfahren haben."

„Da hast du recht." Adam kippte den letzten Schluck seines Getränks hinunter und richtete sich auf. „Ich schlage vor, wir gehen zurück und sehen nach den Frauen und dem Abendessen."

„Bin direkt hinter dir." Doch so wie Brooks sich im Moment fühlte, wäre es vielleicht besser, wenn er direkt durch den Flur und durch die Vordertür hinaus zur Ranch gehen würde. Natürlich hatte nie jemand behauptet, dass er klug wäre, wenn es darum ging, zu tun, was gut für ihn war – oder Ärger zu vermeiden.

„Ich liebe diese Küche." Toni schob ein weiteres Blech mit Törtchen in den zweiten Ofen. Da sie noch Zeit totschlagen musste, hatte sie beschlossen, eine weitere Ladung zu backen, um sie am nächsten Tag Adam mitzugeben, wenn er zur Ranch und in die Klinik fuhr. „Ich kann immer noch nicht glauben, dass du, Margaret Colleen O'Brien, das Mädchen, das nicht mal Wasser kochen konnte, nicht nur eine ehemaliges Bed-and-Breakfast gekauft hast, sondern auch noch eine mit der Traumküche eines jeden Kochs." Oder zumindest Tonis Traumküche.

„Eigentlich war es nicht so geplant, aber ich wusste, dass gutes Essen, gute Köche und tolle Küchen Hand in Hand gehen. Der größte Teil des Geldes für die Umgestaltung ist in diesen Raum geflossen."

Toni sabberte förmlich vor Begeisterung über die Edelstahlherdplatte, die zwei großen, nebeneinander angeordneten Backöfen, den zusätzlichen Warmhalteofen und die beiden gewerblichen Geschirrspüler, die für all die Backformen geeignet waren, die Toni zusammen mit Meg online bestellt hatte.

„Wenn es dein Plan ist, mir während deines Besuchs dabei zu helfen, hundert Pfund zuzunehmen", Meg O'Brien zwinkerte Toni während sie einen Klecks verschütteten Teigs von der Arbeitsplatte wischte, „dann bist du auf dem besten Weg dorthin." Während sie langsam ihre Finger sauber leckte, schloss Meg ihre Augen und stöhnte vor Genuss. „Du bringst mich noch um. Und meine Taille."

„Das wage ich zu bezweifeln. Du warst schon immer dünn wie eine Bohnenstange und hattest den Stoffwechsel eines Rennpferdes."

„Nun ja, wenn du hier bist und kochst und backst, esse ich sicherlich auch wie eines!" Meg lachte laut, und trotz ihrer vorherigen Worte an ihren Verlobten, sich den Appetit nicht zu verderben, hob sie die Folie des Törtchenblechs und stibitzte sich einen dieser Leckerbissen.

„Wow. Das riecht ja fantastisch." Mit der Nase hoch in der Luft, wie ein Bluthund, der einer Fährte folgte, fand Adam seinen Weg zum Ofen und den frisch backenden Desserts.

„Und überhaupt nicht nach Lasagne." Brooks betrat ebenfalls in der Luft herumschnüffelnd den Raum und nahm ihn für sich ein.

Verdammt, diese Farraday-Männer hatten Ausstrahlung.

Adams Blick fiel auf das abgedeckte Tablett und ein schelmisches Grinsen machte sich auf seinem Gesicht breit. Bevor irgendjemand reagieren konnte, schnappte er sich einen der unglasierten kleinen Happen und warf ihn sich wie Popcorn in den Mund. „Ich werde wohl selbst ein paar Ställe auf der Ranch ausmisten müssen, um diese Desserts abzuarbeiten."

Der Timer des Backofens ertönte und Meg griff nach der Salatschüssel und reichte sie Adam. „Stell die bitte auf den Tisch."

„Wie kann ich helfen?" Brooks bewegte sich langsam auf die Arbeitsfläche zu, und während Toni damit beschäftigt war, das Abendessen aus dem Ofen zu holen und Meg das Besteck aus der Schublade nahm, schnappte er sich eines der Kuchenstückchen und steckte es sich in den Mund. „Wow. Ihr habt nicht gescherzt. Die sind fantastisch."

„Es ist meine geheime Zutat, die den Unterschied macht." Mit der Lasagne in der Hand, grinste Toni zu Brooks hinauf.

Brooks nahm seiner zukünftigen Schwägerin die Handvoll Gabeln und Messer ab. „Das Rezept musst du Tante Eileen geben."

„Dann wäre es ja kein großes Geheimnis mehr, oder?" Noch immer lächelnd, folgte Toni Adam ins

Esszimmer. Es war schon ewig her, dass jemand ihre Kochkünste gelobt hatte. Sie hatte ganz vergessen, wie gut sich das anfühlte. Und wie sehr sie es mochte.

Abendessen mit Meg und den Farradays war weit entfernt von der einsamen Formalität, zu denen die Mahlzeiten in Boston geworden waren. Heute Abend war keine Ausnahme. Als der Tisch gedeckt und das Essen bereit war, serviert zu werden, zog nicht nur Adam den Stuhl für Meg heraus, sondern auch Brooks stellte sich, ohne zu zögern, hinter Toni und schob sie und den Stuhl sanft an den Tisch. „Danke."

„Gerne, Ma'am", nickte Brooks.

„Die Form ist immer noch ziemlich heiß. Wenn ihr mir eure Teller reicht, packe ich euch was drauf." Meg sprang auf und schnitt mit einem Metallspatel in das gebackene Gericht.

„Für mich eine doppelte Portion." Adam hielt ihr seinen Teller hin.

„Für mich auch", fügte Brooks hinzu.

Zum ersten Mal seit langer Zeit fühlte sich Toni tatsächlich hungrig. Sehr hungrig. „Für mich auch."

Megs Augen weiteten sich und sowohl sie als auch Adam blickten überrascht in ihre Richtung.

Lächelnd zuckte Toni mit den Schultern. Boston war zweitausend Meilen entfernt. William war noch weiter weg. Hier in Texas konnte sie sich entspannen, die Zeit mit ihrer Freundin und die friedliche Umgebung, in der sie lebte, genießen. Es war Zeit, dass Antoinette Castellano wieder in die Welt zurückkehrte.

KAPITEL VIER

„Ich weiß, dass es in der Viehwirtschaft so etwas wie freie Wochenenden nicht gibt." Tante Eileen band sich ihre Lieblingsschürze mit dem Apfelmuster hinter dem Rücken zusammen. Brooks war sich ziemlich sicher, dass es die einzige Schürze war, die sie besaß und dass sie sie für besondere Anlässe aufbewahrte. „Aber ich verstehe nicht, warum du an einem Sonntag Rinder treiben musst, wenn Gäste zum Abendessen kommen."

„Es ist eine Rinderfarm. Rindertreiben ist unser Job." Finn, der Jüngste der Farradays, küsste seine Tante auf die Wange. „Vielleicht, wenn der beste Toröffner diesseits des Red Rivers helfen würde …"

Finn war klug genug, sich schnell umzudrehen und zu ducken, und entkam so knapp dem Schlag von Eileens Kochlöffel. „Glaub ja nicht, du wärst zu erwachsen für einen ordentlichen Klaps auf den Hintern."

Finn grinste wie ein bockiger Teenager, der der einzigen Mutterfigur, die er kannte, eins ausgewischt hatte, und wandte sich dann an Brooks. „Ich weiß die Hilfe zu schätzen."

„Ich brauchte das Training." Selbst nach einer langen, heißen Dusche stimmte das Stechen der überbeanspruchten Muskeln zwischen Brooks' Schulterblättern ihm eindeutig zu.

„Dito." Frisch geduscht und rasiert, trat Adam in

die Küche und grinste. Da er regelmäßig mit großen Tieren arbeitete, schienen seine Muskeln nach einem Tag, an dem er wilde Rinder zusammengetrieben und beschädigte Zäune repariert hatte, nicht so zu protestieren wie die von Brooks.

„Dad ist noch kurz in der Scheune. Er wird gleich hier sein." D.J., der Polizeichef war, wenn er nicht gerade mit seinen Brüdern Cowboy spielte, klopfte an der Hintertür seine Stiefel ab, hängte seinen Hut an einen Haken in der Nähe, sah die bunte Schürze, und grinste seine Tante an. „Wir bekommen wohl Besuch."

„Fang du nicht auch noch an, Declan James." Tante Eileen begann, Kartoffeln zu schälen und nörgelte leise vor sich hin. „Ich habe wirklich einen Haufen Klugscheißer großgezogen."

„Ich bin zutiefst gekränkt." D.J. drückte seine Handfläche an seine Brust, durchquerte mit langen Schritten die Küche, wirbelte seine Tante herum, als wolle er mit ihr ein Tänzchen wagen, und zog sie in seine Arme, um sie fest zu drücken. „Aber du liebst uns trotzdem."

In Gelächter ausbrechend, gab Eileen D.J. einen leichten Klaps auf die Schulter und stieß ihn weg. „Ich muss noch eine Menge Kartoffeln kochen." Sie blickte aus dem Küchenfenster und dann wieder zu ihm. „Du solltest dich besser beeilen und dich waschen, bevor die Ladys kommen."

„Schaut mal, was wir hier haben." Die Arme mit großen Plastikbehältern beladen, trat Meg durch die Eingangstür. Toni, Becky und Beckys Großmutter Dorothy folgten ihr.

Tante Eileen drehte sich um und begrüßte ihre Gäste. „Das sind hoffentlich diese leckeren Kuchendinger."

Tonis Gesicht erhellte sich bei den Worten seiner Tante. „Das sind sie."

Das Lächeln von Toni zog ihn an wie das Schaufenster einer Tierhandlung ein Kind, und es fiel ihm schwer, seinen Blick abzuwenden. Er biss sich auf die Backenzähne, zwang sich, einen Fuß vor den anderen zu setzen, und schnappte sich dann die Behälter von Meg, bevor Adam zu ihr gelangt war. Brooks musste einen Weg finden, um in den nächsten Wochen mehr Abstand zwischen sich und Toni zu bringen, bis Adam und Megs Hochzeit vorbei war und Toni wieder dorthin zurückkehrte, wo sie hingehörte. Zu ihrem Ehemann.

Toni hatte bereits die meisten von Megs zukünftigen Verwandten kennengelernt. Tante Eileen erinnerte sie ein wenig an ihre eigene Mutter. Ob irisch oder italienisch, große Familien waren sich ziemlich ähnlich. Obwohl sie nur eines von zwei Kindern war, hatte Toni viele Cousins und Cousinen. Wenn sie an ihre Kindheit zurückdachte und daran, wie distanziert diese einst engen Beziehungen geworden waren, seit sie William geheiratet hatte, bestärkte Tuckers Bluff sie in der Überzeugung, dass sie das Richtige getan hatte. „Wo soll ich die hinstellen?"

Adam nahm die übrigen Behälter, die sie in Händen hielt, und runzelte verwirrt die Stirn. „Wie viele Leute erwarten wir denn?"

„Die sind nicht alle für heute Abend", schaltete sich Becky ein. „Ein paar davon kommen für unsere Patienten mit mir in die Klinik. Die paar, die du neulich mitgebracht hast, gingen so schnell weg, und jeder, der sie probiert hatte, schwärmte begeistert davon. Es schien allen die Sorgen um ihre Haustiere zu nehmen."

„Das passiert, wenn Essen mit Liebe gemacht

wird." Tante Eileen winkte mit einer geschälten Kartoffel und wandte sich dann wieder dem Schneiden zu. „Sie waren ein Hit im Silver Spurs. Abbie sagt, sie sind sehr gut angekommen bei all den Ladies, die auf ihr Gewicht achten."

So wie sich Tonis Augen weiteten, musste Brooks fast lächeln.

„Die sind nicht diätgeeignet", murmelte Toni.

„Natürlich sind sie das." Tante Eileen wischte sich ihre Hände an den Hüften ab, griff nach dem Tablett, das Adam neben sie gestellt hatte, und während sie sich eines aus der Plastikdose nahm, grinste sie Toni an. „Solange man nur eins davon isst." Dann nahm sie einen Bissen. „Ooh. Mandeln."

„Was ich nicht verstehe", Becky griff nach einem mit weißer Glasur, „ist, wie du so schlank bleibst, wenn du solche Desserts isst?"

„Ich esse sie nicht."

So ziemlich jeder Kopf im Raum drehte sich um und starrte sie an.

„Na ja, vielleicht ab und zu."

„Oh mein Gott."

Der Klang von Tonis Stimme ließ jeden Farraday im Raum aufhorchen. Das laute Geplapper in der Küche und das rege Treiben verwandelte sich in Stille.

Toni stand in der Mitte der Speisekammer und starrte auf die prall gefüllten Regale. „Die Küche in meiner ersten Wohnung war nicht mal halb so groß."

Stadtmädchen. Als hätte jemand den Videorekorder wieder eingeschaltet, kehrten Familie und Gäste sofort zu ihren Aufgaben zurück: Becky half Eileen mit den Kartoffeln, Dorothy deckte den Tisch und Meg füllte

Tante Eileens Bohnenkonserven auf, während sie erklärte, wie viel Essen täglich auf einer bewirtschafteten Ranch gekocht wird. Das brachte Adam zum Schmunzeln – das Stadtmädchen, das das Ranch-Leben erklärt. Die beiden Brüder waren damit beschäftigt, die Stühle und den Klapptisch für das Kartenspiel auf die hintere Veranda zu tragen.

„Sag mal", Brooks stellte einen Stapel Stühle an die Wand. „Wieso spielt der Verein denn an einem Sonntagabend hier Karten?"

„D.J. erzählte mir, dass die Frauen alle über die Törtchen schnatterten, als er am Freitag im Café zu Mittag aß. Sie wollten, dass Toni am Samstag mitspielt, aber sie und die Mädchen waren den ganzen Tag in Abilene. Toni erklärte sich bereit, noch ein paar mehr von diesen Törtchen zu backen, und Meg schlug vor, dass das Spiel ja heute Abend hier auf der Ranch stattfinden könnte."

„Man könnte meinen, sie versetzt die Dinger mit einer Prise Crack, so wie alle süchtig danach werden."

„Du weißt doch, wie Frauen auf alles reagieren, was mit Schokolade zu tun hat."

„Seit wann bist du so ein Experte in Sachen Frauen?"

Adam machte sich nicht die Mühe, zu antworten, er schnappte sich lediglich ein paar weitere Stühle und schenkte Brooks ein selbstgefälliges Grinsen. Er klappte sie neben dem Tisch auf und das Lächeln verschwand. „Ich habe heute Morgen mit Dad gesprochen. Er sagt, Brennan habe Tante Eileen gebeten, ihm beim Durchsehen der Sachen seiner Frau zu helfen. Sie sagte, sie macht es nach der Hochzeit."

Brooks öffnete einen der Stühle und blieb auf der Stelle stehen. „Seine Frau ist schon vor fast zwanzig Jahren gestorben."

Adam zuckte mit den Schultern. „Für Trauer gibt

es keinen zeitlichen Rahmen.“

„Schon, aber Jahrzehnte?“

„Du weißt doch noch, wie es Dad ging.“

„Ja“, seufzte Brooks und griff nach einem weiteren Stuhl. „Ich erinnere mich noch an den Tag, als Dad nach Hause kam und Moms Kleiderschrank ausgeräumt vorfand. Grace war etwa ein Jahr alt. Ein paar zankende Bullen hatten den Zaun auf der hinteren Weide durchbrochen, und wir waren tagelang unterwegs gewesen, um alle Streuner zusammenzutreiben.“

Adam lenkte seinen Blick in die Ferne. „Er hat nicht geschrien. Er hat nicht geschimpft. Er hat nicht geweint. Er sah einfach nur Tante Eileen an und sagte: *Ich war noch nicht so weit.*“

„Dann zwinkerte Tante Eileen die Tränen in ihren Augen weg und sagte: *Das ist keiner von uns.* Als sie mit Grace im Arm an Dad vorbeiging, streckte Dad die Hand nach ihr aus, zog Grace in seine Arme und verbrachte den Rest des Abends in der Scheune auf einem Heuballen sitzend damit, ihr zu erzählen, wie er Mom umworben hatte, bis sie sich ihn schnappte.“

„Als er zu dem Tag kam, an dem sie erfuhren, dass das Baby ein Mädchen wird, schlief Grace schon seit Stunden tief und fest in seinen Armen.“

Brooks ließ seinen Blick über den Hof in Richtung von Brennans Haus schweifen. „Der alte Mann hatte niemanden, nachdem seine Frau gestorben war. Seine Tochter kam nicht einmal zur Beerdigung.“

„Sie konnte nicht.“ D.J. trat aus der Hintertür und trug den achteckigen Aufsatz für den Pokertisch. „Sie war schon tot.“

Sowohl Brooks als auch Adam drehten sich überrascht um.

D.J. zuckte mit den Schultern. „Vor etwa einem Jahr bat er mich, nach ihr zu suchen. Er sagte, es sei an der Zeit, dass er es noch einmal versucht. Es stellte sich heraus, dass sie Jahre bevor Marjorie starb, bei einem Autounfall ums Leben gekommen war. Brennans Schwiegersohn hatte daraufhin ihr Haus verkauft und war mit seiner Tochter nach Chicago gezogen."

„Die kleine Rothaarige?", fragte Brooks.

Adam nickte. „Ich erinnere mich an sie."

„Sie war ein ziemliches Gör", fügte D.J. hinzu.

„Sie war kein Gör", antwortete Adam. „Sie hatte Angst vor den Pferden."

D.J. tat die Bemerkung mit einem Achselzucken ab. „Das ist dasselbe."

„Sie war ein Stadtmädchen, weit weg von ihren Freunden, vermisste ihre Eltern und hatte Angst vor all den großen Tieren", sagte Brooks. „Ich kann es ihr nicht verübeln, dass sie sich nicht wohlfühlte."

„Du hättest Therapeut werden sollen." Adam lachte. „Vielleicht war sie doch nicht so schlimm. Wissen wir, was aus ihr geworden ist?"

D.J. zuckte mit den Schultern. „Mein Freund hat Brennan eine Adresse besorgt. Ich weiß nicht, was danach passiert ist."

„Es muss wirklich beschissen sein, nicht zu wissen, dass deine einzige Tochter gestorben ist und du dein Enkelkind jahrzehntelang nicht gesehen hast." Brooks konnte sich nicht vorstellen, den Kontakt zu Dad oder einem seiner Geschwister zu verlieren. Obwohl Connor mehr Zeit unterwegs war, um zu arbeiten, als er zu Hause bei der Familie verbrachte, Grace in Dallas studierte und Ethan weit weg war, um für Uncle Sam zu Hubschrauber fliegen, wussten sie immer noch, was im Leben des jeweils anderen vor sich ging. Zumindest so viel, wie Uncle Sam erlaubte. Und dann waren da noch Dads Onkel George und seine Familie. Sie standen sich so nahe wie Geschwister, auch wenn sie Stunden entfernt wohnten. „Was für ein Trottel ist sein Schwiegersohn denn?"

„Das habe ich mich auch schon gefragt", fügte Adam hinzu.

„Dito", stimmte D.J. zu, hielt eine Minute inne und fragte dann: „Grace hat immer noch keinen festen Freund, oder?"

„Zu mir hat sie nichts gesagt", antwortete Adam.

„Zu mir auch nicht", fügte Brooks hinzu. „Aber ich bin mir nicht sicher, ob sie es uns sagen würde, wenn es so wäre."

„Ja. Das dachte ich mir auch gerade." D.J. seufzte, dann lächelte er. „Wir haben vielleicht einem Freund zu viel mit Kastration gedroht."

„Es war keine Drohung", fügte Adam hinzu.

„Nur ein Versprechen", entgegnete Brooks, und die beiden älteren Brüder lachten gemeinsam.

„Was auch immer." D.J. stellte sich neben seine Brüder. „Sie wird kein Arschloch heiraten. Grace mag zwar versessen auf das Stadtleben sein, aber sie gehört immer noch zur Familie. Sie würde keinen Arsch wie Brennans Schwiegersohn heiraten und uns alle ausschließen. Das würde sie nicht tun."

In diesem Punkt stimmte Brooks zu. Aber er machte sich ein wenig Sorgen darüber, was passieren würde, wenn sie mit dem Jurastudium fertig war. Als sie das letzte Mal miteinander sprachen, klang sie entschlossen, in Dallas zu bleiben. Und er konnte es ihr nicht verübeln, er hatte nach seiner Facharztausbildung dasselbe getan. Sogar D.J. hatte seine Karriere als Gesetzeshüter in Big D begonnen. Der Reiz der Großstadt siegte anfangs immer über die Langeweile ihrer Heimatstadt. Und in Tuckers Bluff gab es nicht viele Orte, an denen man den schicken Diplom-Juraabschluss mit MBA gebrauchen konnte. Er hoffte nur, dass Grace im Gegensatz zu den beiden nicht auf die harte Tour lernen musste, dass es nirgendwo so schön ist wie zu Hause.

KAPITEL FÜNF

„Klopf, klopf." Brooks Arzthelferin, Nora, stieß die Eingangstür zur Familienranch auf und streckte ihren Kopf in den Raum. „Tut mir leid, dass ich zu spät komme."

„Halt dich nicht mit Förmlichkeiten auf." Sean Farraday stand auf und begrüßte die Freundin der Familie auf halbem Weg ins Esszimmer und nahm ihr eine große, mit Folie bedeckte Schüssel ab. Der Mann hatte alle seine Jungs zu Gentlemen erzogen, indem er mit gutem Beispiel vorangegangen war – und ihnen gelegentlich hinter den Holzschuppen den Hintern versohlt hatte, sollten sie doch einmal respektlos gewesen sein. „Es sitzen schon alle am Tisch."

„Guten Abend." Nora eilte zu einem der beiden freien Plätze. „Ich habe die Zeit aus den Augen verloren, als ich versucht habe, Charlotte Thomas dazu zu bringen, sich uns anzuschließen."

Brooks, der neben ihr stand, rückte ihr den Stuhl zurecht, und alle Brüder, die bei ihrer Ankunft aufgestanden waren, setzten sich wieder.

„Das eine Mal, als sie sich zu uns gesellte, schien sie sich wirklich zu amüsieren", fuhr Nora fort, ohne Luft zu holen. „Aber ich konnte sie nicht überreden, mich zu begleiten."

„Das ist jetzt schon das dritte Mal, dass sie eine Einladung ablehnt." Becky häufte sich eine große Portion Kartoffelgratin auf ihren Teller und reichte das

Gericht weiter. Dafür, dass sie so dünn war, hatte Adams Assistentin einen Appetit wie ein Rancharbeiter nach einem harten Tag Arbeit.

Nora schob ihren Stuhl vor und lächelte ihrem Chef ein stilles Dankeschön zu. Mehr als einmal hatte sie bemerkt, dass die Ritterlichkeit langsam ausstarb, außer bei einem Farraday. Sie lehnte sich zurück, legte ihre Serviette vom Tisch auf ihren Schoß und beugte sich dann vor, wobei sie in die Menge blickte, als wäre sie im Begriff, die nationale Sicherheit zu verletzen. „Charlotte sagte, sie fühle sich nicht wohl."

Der Blick, den Beckys Großmutter und Tante Eileen austauschten, war unübersehbar. Die beiden Frauen waren schon so lange befreundet, dass sie fast die Gedanken der anderen lesen konnten, was es ihnen als Kinder verdammt schwer gemacht hatte, sich herumzuschleichen. Selbst jetzt erkannte Brooks die Art und Weise, wie seine Tante ihn musterte. Sie suchte nach einem Hinweis darauf, ob er mehr wusste, als er preisgab. In diesem Fall, dass Charlotte Thomas ihn in seiner Praxis besucht hatte. „Du weißt", er schaute seine Tante an, „dass, selbst wenn Charlotte mich besucht hätte, ich nichts darüber sagen dürfte."

„Vielleicht ist sie schwanger", schlug Dorothy vor.

„Könnte sein", stimmte Tante Eileen zu, während sie Brooks noch immer mit ihrem forschenden Blick musterte. „Das könnte erklären, warum wir sie in letzter Zeit nicht oft in der Stadt gesehen haben und es wäre auch kein Grund, gleich einen Arzt aufzusuchen."

„Häufiger als nur in letzter Zeit", warf Nora ein.

Tante Eileens Gesicht verblasste und sie durchbohrte ihren Neffen mit ihrem Blick. „Diese blöden Gesetze sind mir völlig egal. Wird Charlotte wegen etwas Ernsterem behandelt?"

Toni beobachtete Brooks' Gesichtsausdruck. Sie konnte den Kampf, der in ihm tobte, fast sehen. Die

Kraft in seinen tiefen, leuchtenden Augen bereitete ihr tatsächlich eine Gänsehaut. Er blinzelte und holte tief Luft. „Datenschutz im medizinischen Bereich ist nichts, was man ignorieren kann, aber wenn mit Charlotte etwas medizinisch nicht stimmt, ist sie nicht zu mir gekommen, um darüber zu sprechen."

Seine Antwort überraschte Toni; sie war sich sicher, dass die gesetzlichen Bestimmungen seines Berufs Vorrang vor dem Wunsch seiner Familie haben würden. Das war nicht der Fall, und aus irgendeinem seltsamen Grund machte sie das auf unerklärliche Weise glücklich. Das war nicht ihre Familie. Nichts davon hatte irgendeine Auswirkung auf sie, und doch fühlte sie sich stärker, weil sie wusste, dass er seine Familie so sehr liebte.

„Glaubt ihr Frauen nicht, dass ihr aus einer Mücke einen Elefanten macht?" Sean Farraday konzentrierte sich auf seine Aufgabe, sein Ribeye in Stücke zu schneiden. „Vielleicht ist sie nur müde. In den letzten Jahren hat der alte Jake Thomas mehr Zeit mit seinen Pferden als im Futterladen verbracht. Ich kann mir vorstellen, dass es für Jake Jr. verdammt schwer war, wieder nach Hause zu ziehen und den Laden ins 21. Jahrhundert zu bringen."

„Kann sein, aber trotzdem ..." Tante Eileen presste ihre Lippen fest aufeinander.

„Dad hat Recht." Finn, der noch nicht viel gesagt hatte, nickte seinem Vater zu. „Anfangs war es mit Jake Jr. ein Unterschied wie Tag und Nacht im Vergleich zu seinem alten Herrn. Immer ein Lächeln. Immer ein paar Minuten, um über die Familie zu plaudern. Und der Himmel weiß, dass es die Buchhaltung für uns um Welten einfacher gemacht hat, weil wir jetzt computergenerierte Rechnungen bekommen, anstatt das Gekrakel vom alten Jake. Aber in letzter Zeit erinnert er mich mehr an seinen Vater."

„Das ist eine Schande." Tante Eileen lehnte sich in ihrem Stuhl zurück. „Ich habe den jungen Jake immer gemocht. Ich dachte, er käme ganz nach seiner Mutter. Ich hoffe, dass es sich, was auch immer es ist, bald von selbst regelt."

„Wir haben alle schwierige Phasen", fügte Adam hinzu, während er seine linke Hand neben Megs legte, seine Finger einzog und mit seinen Knöcheln sanft die Rückseite ihres Handgelenks rieb, woraufhin Meg ihm ein zartes Lächeln schenkte. Diese kleine Geste der Liebe und Unterstützung ließ Toni sich nach dem sehnen, was hätte sein sollen. Wie hatte sie sich nur so sehr in William täuschen können? Und so blind sein können für das, was aus ihrem Leben geworden war?

„Es ist Zeit für diese alten Knochen, sich schlafen zu legen." Der Farraday-Patriarch hievte sich aus seinem Lieblingssessel im Wohnzimmer und stellte sich vor seine drei Söhne. „Die Fütterungszeit für die Frühlingskälber kommt um diese Jahreszeit verdammt früh."

„Und wenn Tante Eileen bis spät in die Nacht Karten spielt, wird sie nicht die Führerhäuschen vorwärmen", fügte Finn hinzu.

„Das macht sie immer noch?" Adam schaute zu seinem jüngsten Bruder. „Ich war mir sicher, dass sie damit aufgehört hätte."

„Wieso?", fragte ihr Vater. „Als sie das erste Mal auf die Ranch kam, gab es nicht viel, was sie tun konnte. Eines Morgens ging ich nach draußen und der Futterwagen lief. Drinnen war es mollig warm. Das gab ihr das Gefühl, dass sie etwas zur Arbeit beitrug. Nicht, dass euch ungezogenen Haufen aufzuziehen nicht genauso viel Arbeit gewesen wäre, wie einen wütenden Stier im Zaum zu halten.“

Brooks erinnerte sich auch noch an diesen Tag. Seine Tante war im Stockdunkeln vor der Morgendämmerung herumgeeilt und hatte versucht, einige der Vorbereitungen für das Essen des Tages zu erledigen, bevor Grace wach wurde. Die Zeit war ihm zuerst aufgefallen, weil seine Tante nie vor Sonnenaufgang ins Freie ging, aber an diesem Morgen war sie, noch in ihren Hausschuhen und nur mit einem leichten Mantel bekleidet, nach draußen gelaufen und dann gleich wieder reingekommen. Später, nachdem sein Vater gegangen war, hatte sie aus dem Fenster geschaut. Das Dröhnen des Lkw-Motors erfüllte den Raum und ein breites Lächeln breitete sich auf ihrem Gesicht aus. Es war das erste Mal, dass er seine Tante so strahlend hatte lächeln sehen, seit seine Mutter gestorben war. Er hatte es nie vergessen. Jetzt ergab alles einen Sinn für ihn.

Ein paar Schulterklopfer und Winker später waren Adam und Brooks die letzten Brüder im Wohnzimmer. Kurze Zeit saßen die beiden in friedlichem Schweigen da und tranken ihren Kaffee aus. Brooks fiel es schwer, sich auf die bevorstehende Hochzeit einzustellen. Irgendwann würden die Brüder alle heiraten. Irgendwie wussten sie das alle. Aber trotzdem, Brooks hatte immer gedacht, dass es etwas Vorlaufzeit geben würde, damit sich der Rest an die neue Frau in der Familie gewöhnen konnte. Ein paar Monate miteinander ausgehen. Das sollte mit ihrer Lebenserfahrung reichen, um sich sicher zu sein, ob sie endlich die richtige Frau getroffen hatten. Danach würde das ernstere Umwerben und schließlich der Heiratsantrag folgen. Und letztendlich jede Menge Hochzeitsplanung.

Vor ein paar Monaten hatte noch niemand von Meg O'Brien gehört, und jetzt schien es, als wäre sie einfach schon immer ein Teil des Farraday-Haushalts gewesen. Aber vielleicht wusste ein Mann einfach, wann er das richtige Mädchen gefunden hatte. Vielleicht hat sie einfach … gepasst. Wie dem auch sei, er freute sich wirklich für seinen Bruder.

„Du siehst auf einmal furchtbar ernst aus." Adam lehnte sich zurück. „Was geht dir durch den Kopf?"

„Du."

„Ich?" Adam sprang wieder nach vorne. „Was habe ich denn getan?"

„Du hast eine Frau gefunden."

Dieses Mal ließ sich Adam mit einem breiten Grinsen auf den Lippen zurück auf das bequeme Sofa fallen. „Oh. Das. Ich muss zugeben, ich bin ein wenig überrascht, aber …"

„Aber was?"

Adam wurde ernst. „Ich kann mich nicht mehr daran erinnern, wie das Leben war, bevor ich Meg auf der Straße stehen sah."

Brooks konnte sich erinnern. Er lebte es gerade. Ganz durchschnittlich. Routine. Zusammen mit den Hühnern bei Sonnenaufgang aufstehen, durch den Tag gehen, die ein oder andere Abwechslung hier und da, nachts erschöpft einschlafen und dann wieder von vorne anfangen. Kein schlechtes Leben. Alle seine Brüder liebten, was sie taten. Nun, außer vielleicht Connor. Er arbeitete nur auf den Bohrinseln, um eines Tages seinen Traum zu finanzieren. Und obwohl die meisten von ihnen Karriere außerhalb der Viehwirtschaft machten, liebten sie alle die Ranch und halfen, wenn sie gebraucht wurden. Er würde seine Kleinstadt gegen nichts eintauschen wollen. Das Großstadtleben reizte ihn nicht mehr im Geringsten.

„Wie sieht's bei dir aus?", fragte Adam.

„Jetzt hörst du dich an wie Tante Eileen."

„Sorry." Adam stand auf. „Willst du noch eine

Tasse?"

„Ja. Eine noch und dann muss ich auch los." Brooks folgte seinem Bruder in die Küche. „Ein Stück von Tante Eileens Streuselkuchen wäre auch nicht schlecht."

„Keine Törtchen"

„Nein. Zu viel Zucker. Das bringt mich aus der Form."

„Hi", Toni kam aus dem Badezimmer im Erdgeschoss zurück und blieb am Küchentisch stehen. „Tante Eileen meinte, ich könnte mir etwas Eis holen."

„Nimmst du keines deiner Törtchen?", fragte Brooks.

„Nee." Sie schüttelte den Kopf. „Mein Herz schlägt für hausgemachtes Eis."

Da konnte Brooks nicht widersprechen. Tante Eileens Eis hat zusammen mit ihren Kuchen und dem eingemachtem Gemüse die meisten ersten Preise auf dem Markt gewonnen.

„Wie wäre es mit einem Kaffee dazu?" Adam hielt ihr eine dampfende Tasse hin.

Toni wandte sich dem Kühlschrank zu. „Nein, danke."

„Wie läuft das Spiel?" Brooks wusste, er hätte schweigen sollen, sie ihr Eis holen und auf die Veranda zurückkehren lassen sollen, doch sein Mund hatte andere Pläne. Irgendetwas in ihm wollte mehr über diese Frau wissen, auch wenn es nicht im besten Interesse von irgendjemandem war.

„Ich habe nur ein paar Runden gespielt. Jetzt schaue ich nur noch zu. Aber wenn man die Gewinne zählt, scheint es ein Kopf-an-Kopf-Rennen zwischen Tante Eileen und Beckys Großmutter, Dorothy zu sein."

„Gut, dass sie nur mit Chips und nicht um Geld spielen." Adam reichte seinem Bruder eine Tasse

Kaffee. „Sonst könnte Meg die Mitgift verlieren."

„Genau. Sei ehrlich", grinste Brooks seinen Bruder an. „Wie viel musstest du ihr zahlen, damit sie einwilligt, dich zu heiraten?"

Adam bemühte sich kläglich um einen finsteren Blick und ging weg, aber es funktionierte nicht. Er konnte sein Lächeln nicht verbergen. Der Kerl war viel zu glücklich.

„Sie sind ein tolles Paar." Toni setzte sich hin und tauchte ihren Löffel in ihr Eis.

„Das sind sie."

Die guten Manieren hinderten ihn daran, sie alleine in der Küche zu lassen. Das sagte er sich ein paar Mal, als er den Raum durchquerte und gegenüber von ihr Platz nahm. „Du bist also mit Meg zur Schule gegangen?"

Sie nickte. „College-Zimmergenossinnen. Durch Losglück vereint."

„Aber du bist nicht aus Texas?"

„Nein. Nord-Massachusetts. Jetzt lebe ich in Boston."

„Du klingst nicht nach Boston." Er lächelte, in der Hoffnung, sie nicht gerade beleidigt zu haben, und grinste aufrichtig und erleichtert, als sie lächelte.

„Ich schätze, ich habe irgendwann gelernt, wie man das R betont." Sie blickte nach unten und stocherte in ihrem Eis herum.

„Es ist schön, dass du und Meg den Kontakt nicht verloren habt."

„Das liegt mehr an Meg als an mir." Sie bewegte ihren Löffel wieder langsamer und Brooks fragte sich, was zum Teufel los war. „Sie meldete sich immer wieder."

„Das Leben kann manchmal schon stressig sein."

„Ja. Das Leben." Sie ließ den Löffel fallen und schob das Eis beiseite. „Ich sollte wieder zu den anderen Frauen hinaus gehen."

„Ich kümmere mich darum." Er griff zur gleichen Zeit, wie sie nach der Schüssel. Es war nur das Flackern eines Augenblicks und kaum eine Berührung, aber die Hitze, die durch die flüchtige Berührung zwischen ihnen entstand, erschreckte ihn. Ein Paar dunkler, gefühlvoller und sehr überraschter Augen blinzelte ihn an. Der Drang, sich nach vorne zu beugen und die Überraschung weg zu küssen, war ein noch größerer Schock für ihn als der Funke, der sich gerade zwischen ihnen entladen hatte. Verdammt, er steckte in großen Schwierigkeiten.

Sie blinzelte erneut, ihre Augen waren immer noch geweitet, aber sie bewegte sich nicht. Die Luft zwischen ihnen wurde unerklärlich dick. Brooks hatte Mühe, sich zu erklären, warum es ihm so schwerfiel, den nächsten Atemzug zu nehmen. Erst der durchdringende, schrille Schrei einer Frau riss ihn aus seinen Gedanken und ließ ihn durch die Küche und zur Hintertür stürmen.

„Oh, Gott. Nicht bewegen." Tante Eileen kniete sich neben ihre Freundin und kreischte dann laut: „Brooks!"

„Ich bin schon hier. Was ist passiert?" Nora lag vollkommen still mit geschlossenen Augen auf dem Rücken.

„Nora und Meg wollten gerade zum Stall hinüber gehen und sich Connors neue Stute ansehen."

Tief Luft holend, öffnete Nora ihre Augen. „Ich hatte die geniale Idee, eine Abkürzung zu nehmen. Wer hätte gedacht, dass es neben der Veranda ein großes Loch gibt."

„Ich wusste es", murmelte Tante Eileen. „Aber du hast dich bewegt, bevor ich dich aufhalten konnte."

„Welches Loch?", fragte Adam, der nun neben seiner gestürzten Arzthelferin stand.

„Ach, irgendein Viech hat Löcher entlang der hinteren Veranda gegraben, um sich nachts warm zu halten. Eileen deutete mit dem Arm den Rand der Veranda entlang. „Wir müssen ein Geländer aufstellen.“

„Nicht nötig. Ich werde das nicht mehr machen.“ Nora blinzelte die Sterne an. „Ich glaube, ich kann mich jetzt hinsetzen.“

„Warte einen Moment.“ Brooks kniete sich neben sie, hob vorsichtig ihr Bein an und drehte den Knöchel. „Tut irgendetwas weh?“

Sie rang nach Luft. „Und wie.“

Das war keine Überraschung. Man konnte schon mit bloßem Auge sehen, dass das betreffende Gelenk anschwoll. Im Stillen dankte er dafür, dass er sich angesichts der Häufigkeit von Knochenbrüchen in dieser Gegend vor kurzem dafür entschieden hatte, seine alte Kiste noch ein oder zwei Jahre weiter zu fahren und stattdessen in ein Röntgengerät zu investieren. „Wir sollten dich lieber in die Praxis bringen, damit wir ein paar Bilder von deinem Fuß machen können.“

„Ich bin mir sicher, ich brauche nur ein bisschen Eis und eine elastische Bandage.“ Nora streckte ihre Arme in die Höhe. „Jemand muss mir aufhelfen.“

Alle Augen richteten sich auf Brooks. Mit einem einarmigen Schulterzucken nickte er einmal in die Menge.

Nora schaffte es kaum, sich nach vorne zu beugen, bevor sie vor Schmerzen zusammenzuckte und aufhörte. „Okay. Vielleicht haben wir hier ein kleines Problem.“

Brooks Blick fiel auf Toni, die nun neben ihm kniete. Nora hatte vielleicht ein kleines Problem, aber so wie er das sah, hatte er ganz sicher ein viel größeres Problem.

KAPITEL SECHS

„Ich war mir sicher, dass die ganze Familie mit in die Stadt kommen würde." Auf dem Rücksitz ruhte sich Nora gestützt auf etwa hundert Kissen aus, während sie ihren Knöchel kühlte. „Ich glaube, Tante Eileen hat ihre Berufung im Leben verfehlt."

Toni war sich nicht ganz sicher, wie das passiert war, aber in der Aufregung, Eis zu holen, Noras Sachen zusammenzusuchen und Aufgaben zu delegieren, hatte die Logistik des Transports von Nora und ihrem Auto so verworrene Ausmaße angenommen, dass Toni schließlich ihre Zeigefinger zwischen die Zähne steckte und laut pfiff. Alle Köpfe hatten sich zu ihr umgedreht und sie hatte ruhig darauf beharrt, dass sie Noras Auto fahren würde. „Wie kommst du darauf?"

„Die Frau hätte einen verdammt guten General abgegeben."

„Okay, da magst du Recht haben. Bisher hatte ich nur den Kartenhai gekannt. Heute Abend habe ich sie im Matriarchin-Modus zu sehen bekommen, und nachdem du hingefallen bist, na ja, hat sie den Ausdruck eines wütenden Bären angenommen."

„Ich kann nicht glauben, dass ich das getan habe. Ich sollte es besser wissen, als nachts vom Weg abzugehen. Das ist ein Stadtmädchen-Fehler."

Toni warf im Rückspiegel einen Blick auf Nora und nahm sich vor, auf dem Weg zu bleiben, wenn sie jemals wieder auf die Ranch kam.

„Ich schätze, ich hatte Glück, dass das Tier, das sich in den Löchern verkrochen hat, keine Klapperschlange war."

„Eine was?" Sicherlich bedeutete Klapperschlange etwas ganz anderes. So etwas wie ein Spitzname für eine süße Stallkatze.

„Schlangen gibt es überall in West-Texas. Was glaubst du, warum alle Stiefel tragen?"

„Kuhmist."

„Das auch." Nora schloss ihre Augen. „Das ist wirklich überhaupt nicht gut. Montage sind beinahe so schlimm wie Vollmonde. Im Büro wird es zugehen wie im Irrenhaus." Sie atmete zischend ein und Toni dachte, sie hätte Schmerzen. „Verdammt. Und die Montgomery-Drillinge haben morgen früh um neun Uhr ihre Masern-Mumps-Röteln-Impfung. Verflucht."

„Es gibt doch sicher jemanden in der Praxis, der helfen kann?"

„Nein. In diesem Teil des Landes gibt es mehr Rinder als Menschen, und wir können nur die Grundlagen der Allgemeinmedizin anbieten. Im Moment gibt es nur uns beide. Ich bin Oberschwerster, Empfangsdame und gelegentlich auch Buchhalterin."

„Also ich kann bei der Buchhaltung helfen, wenn du willst."

„Wirklich?"

„Angenommen, zwei plus zwei ergibt immer noch vier, dann ja, wirklich." Es war lange her, dass sie ihren Abschluss in Buchhaltung angewandt hatte.

„Buchhaltung ist gut. Ich bin eine Krankenschwester, keine Mathematikerin." Im Rückspiegel wurde Noras Grinsen so breit wie der Rücksitz. „Wie gut kannst du ans Telefon gehen?"

Brooks musste den Verstand verloren haben. Das war die einzig mögliche Erklärung dafür, warum er morgens um sieben Uhr fünfundvierzig an seinem Schreibtisch saß und auf das Knarzen der Eingangstür und die Ankunft von Toni wartete. Selbst nach stundenlangem Hin und Her und mehreren Tassen hochdosiertem Koffein war sich Brooks immer noch nicht sicher, wie er dazu gekommen war, Megs Freundin zu erlauben, für Nora einzuspringen.

Es wird nur ein paar Tage dauern. Das hatte Nora gesagt, als auf den Röntgenbildern keine Fraktur zu sehen war. Da ihr Knöchel lila war und geschwollen wie eine Grapefruit, würde sie nicht über Nacht wieder laufen können. Wahrscheinlicher war, dass Nora aufgrund eines leichten Gewebeschadens ein paar Wochen lang mit Krücken gehen würde. Schließlich würde sie auf einen orthopädischen Schuh umsteigen, aber nicht vor der Hochzeit und Tonis Rückkehr nach Hause.

Was für eine wunderbare Idee, hatte Meg hinzugefügt. *Dann muss ich kein schlechtes Gewissen haben, wenn ich Toni allein zu Hause lasse.*

Gott sei Dank hatte Brooks heute keinen einzigen freien Moment in seinem Terminkalender. Wenn es einen Gott gab, und daran glaubte er, wäre er vielleicht sogar zu beschäftigt, um überhaupt zu bemerken, dass Nora weg war und die italienische Bäckerin ihren Platz eingenommen hatte.

„Juhuu", tönte Megs Stimme aus dem Flur.

Hatte der liebe Gott es für angebracht gehalten, für ihn eine Ausnahme zu machen und ihm seine zukünftige Schwägerin zu schicken, um für die Frau einzuspringen, an die er viel zu oft denken musste?

„Hier hinten."

Brooks stand auf, durchquerte den Raum und traf Meg an seiner Bürotür.

„Im Café ist gerade ein wenig Flaute, bevor der nächste Schwall Gäste kommt. Ich dachte mir, ich bringe Toni rüber."

„Ich verstehe nicht, warum", rief Toni aus dem anderen Zimmer.

Meg kicherte. „Da hat sie wohl recht. Wir haben heute Morgen mit Nora gesprochen. Die komplette siebenminütige Fahrt zum Café hat Nora Toni mit Informationen über den Terminplan, das System, die Telefone und darüber, dass du immer vergisst zu essen, versorgt."

„Ich vergesse es nicht." Er hatte einfach keine Zeit dafür. Der erste Patient würde jeden Moment eintreffen. Er könnte Meg genauso gut zurück ins Wartezimmer folgen und den Tag beginnen lassen.

„Guten Morgen", lächelte Toni neben der Kaffeekanne, und Brooks beschloss, dass er viel mehr als Koffein brauchen würde, um den Tag zu überstehen. „Eine frische Kanne ist gleich fertig."

„Morgen. Und danke."

„Nun, ich gehe besser zurück ins Diner, bevor meine Chefin denkt, ich sei nach Dallas zurückgekehrt." Mit einem Winken für Brooks und einem Kuss auf die Wange für Toni machte Meg kehrt und hastete aus der Tür und über die Straße.

Bevor er ein Wort sagen konnte, hielt Toni ihm eine dampfende Tasse vors Gesicht. „Wenig Sahne, ein Stück Zucker. Ich habe ihn nicht sehr stark gemacht. Ich hoffe, das ist in Ordnung."

„Danke." Offenbar konnte Nora in nur sieben Minuten eine Menge Informationen weitergeben, und es überraschte ihn nicht, dass Toni keinen starken Kaffee hatte aufbrühen wollen.

„Arlene Montgomery und die Drillinge verspäten sich, Nadine Peabody hat ihren Termin um acht Uhr dreißig abgesagt, weil es ihrer Katze Sadie wieder schlecht geht, und Burt Larson ist im Baumarkt auf einen Nagel in der Holzdiele getreten und kommt, um sich eine Tetanusspritze geben zu lassen."

Toni ratterte die Namen herunter, als hätte sie ihr ganzes Leben in dieser Stadt gewohnt und wäre nicht nur für ein paar Tage zu Besuch hier. Wann hatte sie das alles gelernt?

„Ich habe das Telefon gar nicht klingeln hören." Oder war er so abgelenkt gewesen, dass er die Anrufe verpasst hatte? Nein, das konnte nicht sein.

„Weil es nicht geklingelt hat." Toni lächelte. „Nadine hat gleich heute Morgen wegen ihrer Katze in Adams Büro angerufen. Becky hat wiederum Meg eine SMS geschickt und Meg hat es mir erzählt. Burt Larson ist auf dem Weg hierher und hat einen Stopp eingelegt, um sich einen Muffin von Abbie abzuholen, und Mrs. Montgomery kam gerade ins Café gerannt, um ein Lunchpaket für Mr. Montgomery zu kaufen."

„Wie hast du das gemacht?"

Toni legte verwirrt die Stirn in Falten. „Was gemacht?"

„All diese Namen und Termine zu lernen. Du hast ja nicht einmal einen Spickzettel in der Hand."

Ein dumpfes Lachen kam von Toni. „Das ist einfach. Ich bin Italienerin."

„Wie bitte?"

„Hast du jemals den Film *My Big Fat Greek Wedding* gesehen?"

„Wer nicht?"

„Nun, er hätte genauso gut *My Big Fat Italian Wedding* heißen können. Die Hauptdarstellerin in dem Film hatte Onkel, Tanten, Cousinen und Nichten, die alle Nick oder Nicki hießen. Ich habe einen Onkel

Angelo, eine Tante Angela, eine Cousine Angie und eine Nichte Angelina. Obwohl ich nur ein Geschwisterchen habe, habe ich mehr Cousins und Cousinen ersten Grades, als ich an meinen Fingern und Zehen abzählen kann. Wenn es eine Sache gibt, die eine gute Italienerin von klein auf beherrscht, außer sich in der Küche zurechtzufinden, dann sind es Namen und Dramen."

Er war sich nicht sicher, ob er für eine Lektion in Sachen Drama bereit war. Zumindest nicht vor ein paar weiteren Tassen Kaffee. Aber es gab keine Entscheidung zu treffen. Die Tür ging auf und Burt Larsen kam herein. Der Tag hatte begonnen.

Heute Morgen ein tapferes Gesicht aufzusetzen und zur Arbeit mit Menschen zu erscheinen, hatte eine olympische Anstrengung an mentaler Gymnastik erfordert. Es war sehr lange her, dass sie so viel zu tun hatte oder von so vielen Menschen umgeben war. Und sie liebte es.

„Ich schwöre, dieser Mann hat den besten Umgang mit Patienten." Die Frau vor ihr lächelte, während sie in ihrer Handtasche kramte und ein Baby auf ihrer Hüfte jonglierte. „Ich musste früher immer nach Butler Spring, um mich behandeln zu lassen, und zu allem Überfluss ist der Arzt dort etwas mürrisch. Ganz anders als Doc Farraday. Und er ist furchtbar nett anzusehen."

Sie richtete weiterhin *ihre* Augen auf die Akte, die Brooks ihr gereicht hatte, und auch wenn sie der Frau zustimmen musste, würde Toni das auf keinen Fall sagen. „Der Doktor möchte Jason gerne in zwei Wochen noch einmal untersuchen. Wollen Sie den Termin gleich vereinbaren?"

„Klar doch."

Toni trug den Termin ein und war stolz auf sich, dass sie Nora nur einmal anrufen musste, um einen Auffrischungskurs für das von Brooks verwendete Computerprogramm zu erhalten. Die Verwaltung des Büros erwies sich als einfach und machte Spaß. Und da sie Brooks nur begrenzt helfen konnte, wollte sie nach ihrer nächsten Pause einen Blick in die Bücher werfen.

Sobald sich die Tür hinter dem letzten morgendlichen Patienten geschlossen hatte, erhob sich Toni und machte sich auf den Weg in die kleine Küche hinter dem Wartezimmer. Nora hatte ihr unter anderem erzählt, dass Brooks vergessen würde, zu essen. Offenbar war das eine schlechte Angewohnheit, die sowohl Brooks als auch Adam teilten, und eine, die Nora und Becky nach Kräften zu korrigieren versuchten. Soweit Toni sehen konnte, hatte Nora absolut Recht. Die meiste Zeit des Vormittags hatte Toni am Schreibtisch verbracht, um sich um die ein- und ausgehenden Patienten zu kümmern und die Tabellen durchzusehen. In noch einem Punkt hatte Nora recht – Mathematik war nicht ihre Stärke. Ein paarmal hatte Toni bei Brooks im Untersuchungszimmer bleiben müssen. Einmal, als der Patient mit der Spritzenphobie eine Hand brauchte, die er halten konnte, während Brooks ihm Blut abnahm, und ein anderes Mal, als er ihre bescheidene Hilfe beim Nähen der Schnittwunde am Fuß eines kleinen Jungen benötigte.

Nicht ein einziges Mal sah sie, dass Brooks den kurzen Umweg von seinem Büro, dem Unter-suchungsraum oder der Rezeption in die winzige Küche nahm, die größtenteils als Labor diente. Nicht, dass es wichtig gewesen wäre. Denn sie war vorbereitet gekommen.

„Entschuldige." Mit einer Schüssel in der Hand

klopfte sie leicht an die Bürotür.

Brooks saß hinter seinem großen hölzernen Schreibtisch und hob kaum die Augen, um sie anzusehen. „Ist der nächste Termin schon hier?"

„Nein." Sie betrat den Raum.

Brooks' Blick fiel auf die Schale in ihrer Hand, und Toni schwor sich, den Anflug eines Lächelns gesehen zu haben, bevor seine Miene wieder ausdruckslos wurde.

„Es ist Mittagszeit. Du hast nur noch dreißig Minuten bis zu deinem ersten Nachmittagstermin. Ich dachte, ein Chicken-Parmesan-Sandwich wäre eine gute Mischung aus Kohlehydraten und Proteinen, die dich durch den Nachmittag bringt, ohne dich müde zu machen."

Diesmal schob sich ein Lächeln auf seine Lippen. „Danke. Aber du hättest dir nicht die Mühe machen müssen. Ich bin sicher, wir haben etwas im Kühlschrank."

„Joghurt und etwas, das in seinem früheren Leben vielleicht Hühnersalat gewesen ist."

Brooks lachte, griff nach der Serviette, die sie ihm neben den Teller gelegt hatte, und sie fragte sich, wann genau William aufgehört hatte, ihre Kochkünste zu genießen, und sich stattdessen lieber etwas liefern ließ.

Brooks nahm den ersten Bissen und unterdrückte ein zufriedenes Stöhnen. „Das ist fantastisch."

Es hätte sie nicht so glücklich machen sollen, dass es ihm schmeckte, aber das tat es. Sehr sogar. „Schön, dass es dir schmeckt."

Sie hatte kaum kehrt gemacht, als er sie fragte: „Isst du auch etwas?"

„Ich habe mir auch ein Sandwich mitgebracht."

„Warum schnappst du dir nicht einen Stuhl und setzt dich zu mir?"

Nora sagte, dass sie Brooks normalerweise allein

ließ, um zu essen und seinen morgendlichen Papierkram und die Krankenblätter zu erledigen, aber Toni war froh, ihm Gesellschaft zu leisten. Sie war neugierig, mehr über diesen Farraday-Bruder zu erfahren. Wahrscheinlich zu neugierig. „Okay, danke." Sie brauchte nur einen Moment, um ihren Teller und ihr Getränk zu holen und sich wieder zu ihrem vorübergehenden Chef zu setzen.

„Du hast das da draußen wirklich gut gemacht. Danke dir."

„Gerne. Es hat Spaß gemacht."

„Hast du schon einmal in einer Arztpraxis gearbeitet?"

Irgendetwas an dieser Frage kam ihr komisch vor. Vielleicht, weil sie so weit von ihren Fähigkeiten entfernt war, oder vielleicht, weil es nicht zusammenpasste, für ihren Lebensunterhalt zu arbeiten und mit William Bennet verheiratet zu sein. „Nein. Ich bin gelernte Buchhalterin."

„Gelernte? Arbeitest du nicht mehr in der Buchhaltung?"

„Mein Mann verdient gut."

Brooks blickte ihr in die Augen. Sie konnte sehen, dass er mehr wissen wollte, aber sie war sich nicht sicher, ob sie schon bereit war, den Albtraum, zu dem ihr Leben geworden war, mit irgendjemandem zu teilen.

KAPITEL SIEBEN

Masochist war das erste Wort, das Brooks durch den Kopf schoss, als er darauf wartete, dass Toni mehr über ihren Mann erzählte. Oder vielleicht war das genau die Lektion, die er brauchte. Mehr als nur der Ring an ihrem Finger, ein echtes Bild von dem Mann, mit dem Toni verheiratet war. Der Mann, zu dem sie gehörte. Der Grund, warum Brooks seine … was … Gefühle besser in den Griff kriegen musste? Er konnte unmöglich Gefühle für Toni haben; er hatte sie gerade erst kennengelernt und kannte sie überhaupt nicht. Doch wie zu einem grell blinkenden Leuchtfeuer, das den Rettungskräften in der pechschwarzen Nacht half, einen verirrten Seemann zu finden, zog es ihn zu dieser Frau hin.

Es dauerte noch ein paar Sekunden, bevor er sich aus seinen Gedanken befreien konnte und ihren niedergeschlagenen Blick bemerkte. Aber noch beunruhigender war die Art und Weise, wie sie ihr Sandwich absenkte und begann, die Salatränder, die zwischen den Brotscheiben hervorragten, abzuzupfen. Und es dauerte eine weitere Sekunde, bis er bemerkte, dass sie ihren Ring nicht trug. „Was macht dein Mann?"

Ihre Finger erstarrten. „Er ist Ingenieur. Er ist Seniorpartner in einem der größten privaten Bauunternehmen des Landes."

Eine solche Aussage würde normalerweise von

einem stolzen Gesichtsausdruck begleitet werden. Doch stattdessen starrte sie weiter auf ihren Teller hinunter. Noch eine Sache, die er nicht mochte. Eine Vielzahl von Fragen schwirrte in seinem Kopf herum. Keine davon hinterließ schöne Bilder als Antworten zu. „Du sagtest, du seist Buchhalterin?"

Sie blickte ihm in die Augen und einer ihrer Mundwinkel wanderte fast unmerklich nach oben. „Mein Vater sagte immer, es reiche nicht aus, einen Abschluss zu machen, ich brauchte auch eine Karriere. Buchhaltung erschien mir einfacher als ein Medizinstudium."

„Nicht für mich", sagte er, ohne nachzudenken.

Ihre Augen weiteten sich überrascht und strahlten vor Humor. „Nicht gut in Mathe?"

„Nicht schlecht, aber es langweilte mich zu Tode."

„Kann ich verstehen." Sie nickte und nahm einen kleinen Bissen von ihrem Sandwich. Er war froh zu sehen, dass die Dunkelheit, die sich plötzlich auf sie gelegt hatte, verschwand. „Die Zahlen stören mich nicht. Ich mag es, ein Gleichgewicht in Dingen zu finden."

„Kann ich verstehen", ahmte er sich nach und freute sich, dass ihr Lächeln breiter wurde. „Und was machst du mit deiner Zeit, wenn du nicht gerade Ärzte mit verletzten Krankenschwestern rettest?"

Ihr Blick senkte sich wieder und er wünschte sich, er hätte seinen Mund gehalten. Als sie ihre Augen hob, um ihn anzusehen, hatte sich das Licht wieder verdunkelt. „Nicht mehr viel." Ihr Blick huschte zum Fenster und zurück, dann zur Tür und wieder zurück. „Im ersten Jahr unserer Ehe habe ich in einer mittelständischen Buchhaltungsfirma gearbeitet. Es passte gut zu mir. Es fühlte sich mehr nach Familie als nach Arbeit an." Sie legte ihr halb gegessenes Sandwich auf den Schreibtisch. „William mochte es nicht, nach Hause zu kommen und ein leeres Haus vorzufinden. Nicht, dass es oft vorkam, aber manchmal musste ich am Monatsende lange arbeiten. Da wir eine Familie gründen wollten, wandte ich mich der ehrenamtlichen Arbeit zu. Das ließ sich leichter einteilen."

„Was für eine Art von ehrenamtlicher Arbeit?"

Ihr Gesicht hellte sich ein wenig auf. „Am liebsten habe ich Kochkurse im Freizeitzentrums gegeben. Das Zentrum bot viele Sportaktivitäten für die athletischen Kinder und Computerzugang für die Nerds, aber die Kinder dazwischen waren schwieriger zu beschäftigen. Kochen ist etwas, das jeder irgendwann einmal tun muss. Sogar Jungs."

„Ich kann sehr gut mit der Mikrowelle umehen." Er grinste sie an. Die Wahrheit war, dass Tante Eileen ihnen Allen das Kochen beigebracht hatte, aber im Leben eines Medizinstudenten oder Assistenzarztes konnte man sich kaum die Zeit zum Kochen nehmen. „Du sagtest, du *hast* Kurse gegeben?"

„Ich betätige mich nicht mehr ehrenamtlich." Sie stand auf und setzte ein künstliches Lächeln auf. „Dein nächster Patient sollte jede Minute hier sein. Ich kümmere mich um das Geschirr."

„Ich kann abwaschen." Eine weitere Sache, die seine Tante den Jungs gelernt hatte.

„Kein Problem. Nenn mich verrückt, aber es macht mir nichts aus, eine Küche aufzuräumen. Ich schätze, das ist wieder so eine Gleichgewichtssache."

Bevor Brooks entscheiden konnte, ob sie recht hatte oder verrückt war, weil sie gerne putzte, war Toni schon den halben Flur hinuntergegangen. Dreißig Minuten und das Einzige, was er über sie erfahren hatte, war, dass irgendetwas, irgendwer sie sehr verletzt hatte – und das gefiel ihm kein bisschen.

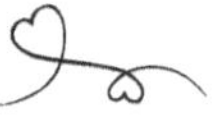

„Du hast heute auch den ganzen Tag gearbeitet." Meg räumte die Spülmaschine aus. „Du musst wirklich nicht auch noch kochen."

„Es gefällt mir. Das weißt du." Toni wirbelte herum und winkte Meg mit einem Gewürzglas zu. „Das ist sehr wahrscheinlich genetisch bedingt."

„Das bezweifle ich." Meg schnupperte an der Luft. „Mom ist Halbitalienerin. Trotzdem sind wir beide allergisch auf die Küche."

Meg sagte das mit einem so ernsten Gesicht, dass Toni nicht anders konnte, als mit ihr zu lachen. Der Tag hatte Spaß gemacht. Obwohl ihre Vergangenheit aufgewühlt worden war, hatte ihr sogar die Mittagspause Vergnügen bereitet. Doch der wahre Stimmungsaufheller war, dass Toni das Gefühl hatte, tatsächlich etwas zu leisten. Die Möglichkeit, die Buchhaltung und Tabellenkalkulationen für Nora zu korrigieren, erinnerte sie daran, dass sie zu so viel mehr fähig war als zu dem engstirnigen Leben, zu dem sie in Boston verbannt worden war. Dazu kam, dass sie Brooks noch mindestens ein paar Tage in der Praxis helfen würde, und das machte sie so glücklich wie schon lange nichts mehr.

„Du lächelst schon wieder. Was ist los?"

„Ich bin einfach glücklich, hier bei dir zu sein."

Meg drückte die Tür des Geschirrspülers zu und rückte näher an den Herd. „Ich bin auch froh, dass du gekommen bist. Ich habe dich vermisst."

Toni umarmte dankbar ihre Freundin, während sie sich auf der Stelle drehte. „Ich dich auch."

„Wirst du mir jemals erzählen, was passiert ist?" Meg zog sich zurück und musterte Toni aufmerksam.

„Ich weiß nicht, was du meinst?"

„Aus Freundinnen, die ständig miteinander gequatscht hatten, wurden kurze, knappe Anrufe oder Nachrichten und dann nur die alljährliche höfliche Weihnachtskarte. Jetzt bist du zum Glück wieder da, als wäre zwischen dem Collegeabschluss und meiner Hochzeit nichts gewesen. Und wenn ich dich nach deinem Leben in all den Jahren frage, bekomme ich eine Litanei der Errungenschaften deines Mannes zu hören. Es ist fast so, als hättest du kein eigenes Leben gehabt."

Toni rührte noch einmal in der köchelnden Pfanne. Meg hatte recht. Langsam hatte William ihr immer mehr genommen, bis *er* ihre ganze Welt war. In weniger als einer Woche hatte ihre ehemals beste Freundin das auf den Punkt gebracht, wohingegen Toni Jahre gebraucht hatte, um diese Tatsache zu erkennen. „Ehrlich gesagt verstehe ich selbst immer noch nicht, was eigentlich passiert ist. Sie legte den Holzlöffel beiseite und wandte sich wieder zu Meg. Es war an der Zeit, jemandem zu sagen, was wirklich in ihrem Leben vor sich ging. „Ich habe die Scheidung eingereicht."

Megs Augen weiteten sich zu runden Kreisen. „Was?"

„Hey." Das Geräusch von Adams Stiefeln, die er an die Hintertür abklopfte, drang in die Küche. „Wie geht es den beiden hübschesten Mädchen in Tuckers Bluff?"

Meg starrte Toni weiterhin an, bis Adam sie in seine Arme schloss, und dann – wie es seine Gewohnheit zu sein schien, wenn er zu Meg in einen Raum kam – in ihre eigene private Welt zog.

Toni wischte sich die Hände an der Hüfte ab und wandte ihre Aufmerksamkeit wieder den Töpfe auf dem Herd zu. Jedes Mal, wenn ihre alte Freundin für einen Begrüßungskuss mit Adam verschmolz, kam

Toni sich wie eine Spannerin vor. Und noch schlimmer, sie war neidisch. Neidisch auf die Tage, an denen William nur Augen für sie gehabt hatte. Auf eine Zeit, in der sie wie eine Prinzessin behandelt worden war, überhäuft mit Blumen und Candle-Light-Dinnern und schönen Worten und lächelnden Gesichtern und Versprechungen auf ein glückliches Leben bis an ihr Lebensende. Und sie war glücklich gewesen. Unbeschreiblich glücklich. Für eine Weile. Eine kurze Weile. Eine sehr kurze Weile.

„Ich hoffe, du lässt Meg all diese Rezepte hier?" Adam löste den Griff um seine Verlobte und ging weiter in die Küche des alten Bed-and-Breakfasts.

„Auf jeden Fall."

Meg stand hinter Adam und verdrehte die Augen. Die Geste holte Toni aus der Kälte zurück, in die ihre Gedanken sie wieder einmal geführt hatten, und schenkte ihr ein kleines Lächeln. „Aber deine Tante Eileen ist eine verdammt gute Köchin."

„Das ist sie", stimmte Adam zu. „Aber sie kocht für Rancher. Aufläufe und Gerichte, die sich sogar auf den Rippen absetzen, nachdem du den ganzen Tag mit Kühen, Stieren, Zäunen und kaputten Lastwagen gearbeitet hast. Du hingegen könntest ein schickes Restaurant eröffnen, wenn du wolltest."

„Will ich nicht." Aus Profitgründen zu kochen, würde ihr den ganzen Spaß daran verderben. Mahlzeiten für Menschen zuzubereiten, die sie liebte, war eine Sache. In einer heißen Küche für Fremde zu arbeiten, eine andere.

„Und eine Bäckerei?", fragte er, während er seinen Blick über die Arbeitsflächen schweifen ließ.

„Nein. Auch keine Bäckerei, und bevor du fragst, da ich heute Brooks geholfen habe, hatte ich nicht genug Zeit, um Kuchen zu backen."

Adam klopfte sich auf die Taille. „Das ist

wahrscheinlich auch gut so."

Das Quietschen der sich öffnenden Haustür ließ Meg und Adam einander fragend ansehen, bevor Adam hinausging und Meg mit einem Finger zu verstehen gab, dass sie in der Küche bleiben sollte. Die beschützende Geste überraschte Toni; es war ja nicht so, dass sie in einer kriminellen Großstadt lebten, und doch ließ Adams sofortige Reaktion die Gefühle des Lebens mit einem echten Märchenprinzen wieder aufleben. Meg hatte so verdammtes Glück.

„Jemand zu Hause?" Die tiefe Stimme hatte einen bekannten Klang, aber als Toni zu Meg sah, zuckte ihre Freundin mit den Schultern und schüttelte den Kopf.

„Was zum Teufel hast du denn hier zu suchen?" Adams Stimme drang zusammen mit dem kräftigen Geräusch eines Schulterklopfen in die Küche. Eine Sekunde später kamen Adam und ein weiterer Farraday-Bruder lachend in die Küche geschlendert.

Schade, dass Toni keine Reality-TV-Produzentin war. Mit einer Größe von gut über ein Meter achtzig, dunklem, gewelltem Haar und waldgrünen Augen, die von einer sonnengebräunten Haut umrahmt wurden, war dieser Kerl einer eigenen Fernsehsendung würdig. Sie konnte sich gut vorstellen, dass wegen ihm und dem übrigen Farraday-Clan mindestens die Hälfte der Frauen in Amerika überpünktlich jeden Dienstagabend eine halbe Stunde lang den Fernseher einschalten würde, um diese gutaussehenden Cowboys aus West-Texas anzuschmachten.

„Hallo." Der grünäugige Bruder streckte ihr die Hand entgegen. „Ich bin Connor. Du musst die Bäckerin sein, über die alle ständig reden."

„Toni." Sie schüttelte seine Hand. „Und ich glaube du übertreibst."

„Glaube ich nicht." Connors Lächeln wurde breiter, was die Fältchen in seinen Augenwinkeln noch tiefer und sein Gesicht noch attraktiver werden ließ. „Erst Ned an der Tankstelle, dann die Leute im Futterladen. Jeder hatte etwas zu sagen. Alles davon war positiv."

Toni spürte, wie die Hitze ihre Wangen erröten ließ. Zu lange schon hatte sie damit gelebt, dass niemand etwas wirklich Nettes zu ihr sagte.

„Also, was führt dich hierher?" Adam setzte sich auf einen der Barhocker.

„Ich habe beschlossen, mich vor meinem nächsten Einsatz in die Stadt zu schleichen. Der alte Brennan hat mir auf die Mailbox gesprochen, dass er bereit ist zu verkaufen."

Adams Augen weiteten sich. „Weiß Finn davon?"

„Deshalb bin ich hier. Ich weiß, dass er das Grundstück für seine Ranch haben wollte. Zeit für ein Gespräch von Bruder zu Bruder."

Adam nickte.

Die Haustür knarzte erneut und dieses Mal erkannte Toni die Stimme. „Hat jemand einen neuen Truck gekauft, oder bedeutet die alte Kiste vor der Tür, dass unser lang verlorener Bruder wieder Abendessen schnorrt?"

Von einem Ohr zum anderen lächelnd, betrat Brooks das Zimmer und klopfte seinem jüngeren Bruder auf die Schulter. „Ich war auf dem Heimweg, als ich Ruby vor dem Haus parken sah."

Der Ofen summte und Toni sprang auf. Sie hatte vergessen, dass sie den Timer für das Hähnchen ein-gestellt hatte. „Wenn ihr noch zwanzig Minuten warten könnt, mache ich aus dem Teil einen Auflauf. Das sollte gerade für einen weiteren Gast reichen."

Connor schnupperte die duftende Luft und setzte sich auf den Hocker neben seinem älteren Bruder. „Ich bin dabei."

„Mich brauchst du nicht zu überreden." Anstatt auf einem der übrigen Hocker an den beiden Seiten der riesigen Kücheninsel Platz zu nehmen, kam Brooks auf sie zu und blieb so dicht vor ihr stehen, dass sie fast die Wärme seines Körpers neben ihrem spüren konnte. „Kann ich dir irgendwie helfen?"

„Ich bin fast fertig. Wenn du den Untersetzer da drüben abstellen könntest." Sie drehte sich nach links, er drehte sich nach rechts. Die Arme stießen aneinander, und sie stand Brooks Auge in Auge und mit nur wenigen Zentimetern Abstand gegenüber. „Ich, ähm …"

Brooks sagte kein Wort. Er bewegte sich nicht. Seine Augen bohrten sich mit einer Intensität in Toni, die sie nicht mehr losließ. Für einen kurzen Moment fiel sein Blick auf ihre Lippen und wanderte dann wieder zu ihren Augen hinauf. Der Drang, sich nach vorne zu beugen und ihn zu küssen, war so überwältigend, dass sie spürte, wie sie nach vorne taumelte.

Ein Anflug von Vernunft schien den unsichtbaren Bann, den sein Blick auf sie ausübte, zu durchbrechen, und sie drehte sich um und wandte sich der Arbeitsplatte zu. Ihr Verstand vernebelte sich, ihre Gliedmaßen waren taub, und, Gott steh ihr bei, ihre Wangen waren wieder einmal aus den falschen Gründen heiß geworden.

KAPITEL ACHT

Nachdem letztendlich auch noch D.J. im Haus eintraf, gab es keine Möglichkeit mehr, Tonis Auflauf für einen weiteren hungrigen Gast zu strecken. Ins Café zu gehen, machte am meisten Sinn. Brooks war als Erster an der Tür des Cafés und hielt sie für die Damen auf.

„Danke", murmelte Toni. Meg bedankte sich ebenfalls, als sie die Schwelle überschritt.

„Ja, danke kleiner Bruder." Adam grinste Brooks schelmisch an und folgte den Frauen in das einzige Lokal der Stadt.

Ohne eine Sekunde zu verlieren, schlug Brooks seinem Bruder mit einer einzigen, schnellen Bewegung den Hut vom Kopf, so wie sie es immer als Kinder getan hatten. Dann grinste er. „Jederzeit."

„Also", Abbie Kane, die Besitzerin des Cafés, eilte hinter dem Tresen hervor und begrüßte die Truppe. „Was für eine nette Überraschung. Vier Personen zum Abendessen?"

„Sechs", sagte Adam. „Connor und D.J. sind gleich hinter uns."

Die Worte hatten kaum Adams Lippen verlassen, als die Klingel über der Tür bimmelte und die anderen beiden ihre Hüte abnahmen und hineinstapften.

„Connor!" Abbie sauste an der Gruppe vorbei und zog den jüngeren Mann in ihre Arme. „Ich muss Frank sagen, dass er eine Ladung Süßkartoffelpommes nur für dich zubereiten soll. Es ist schon einen Monat her, dass du uns sonntags mit einem Besuch beehrt hast."

„Ich habe viel zusätzliche Arbeit angenommen, Miss Abbie, aber –"

„Nenn mich nicht Miss Abbie. Ich bin noch lange nicht alt genug, um deine Mutter zu sein."

„Nein, Ma'am." Ihre Blicke trafen sich, Connor lächelte sie an und zum ersten Mal fragte sich Brooks, ob zwischen Abbie und Connor mehr sein könnte. Dem verdutzten Blick auf D.J.s Gesicht nach zu urteilen, schien ihm derselbe Gedanke durch den Kopf zu gehen.

Stühle kratzten über den Boden, als sich sechs Personen um den großen Tisch am hinteren Fenster versammelten. Brooks wartete noch einen Moment, bis Toni ihren Platz eingenommen hatte und setzte sich dann an das andere Ende des Tisches. Vorsichtsmaßnahme und so. Der Rest seines Arbeitstages nach dem Mittagessen war wie jeder andere Tag gewesen. Aufgeschürfte Knie, Grippeimpfungen und Gelenkschmerzen hatten ihn auf Trab gehalten. An Toni hatte er nicht einmal mehr gedacht. Als sie gegangen war, war er so in die Laborergebnisse vertieft gewesen, dass er ein höfliches Dankeschön gemurmelt hatte, ohne überhaupt aufzusehen.

Hätte er nicht Connors alten Truck Ruby vor Megs Haus gesehen, hätte Brooks nicht angehalten. Aber wenn er ehrlich zu sich selbst war, hätte Brooks gar nicht erst in Megs Straße geschaut, wenn Toni nicht bei Meg gewohnt hätte. Deshalb war es für ihn sinnvoller, sich an das andere Ende des Tisches zu setzen.

Zu dumm nur, dass Meg, kaum dass er sich gesetzt hatte, aufstand und verkündete: „Die Klimaanlage bläst mir in den Nacken." In den nächsten Minuten wurden Stühle verschoben und Plätze getauscht, bis Meg sich in angenehmer Entfernung zu den Lüftungsschlitzen und neben Adam befand. Das bedeutete, dass Brooks jetzt keine Tischlänge mehr von Toni entfernt, sondern direkt neben ihr, saß.

„Es tut mir wirklich leid, dass ich deine Essenplanung durcheinandergebracht habe", sagte D.J. über den Tisch hinweg zu Toni.

„Zum Essen ins Café zu gehen, war ein guter Vorschlag." Toni faltete ihre Serviette auf. „Mein Hühnchen Tetrazzini kann viele satt machen, aber vier riesige Männer hätten mein Glück wohl überstrapaziert."

D.J. lachte, Connor ließ das Lächeln aufblitzen, das normalerweise die Hälfte der Frauen im County ins Schwärmen geraten ließ, und als er die Leichtigkeit sah, mit der seine Brüder mit Toni schäkerten, biss sich Brooks auf die Backenzähne.

„Was auch immer da gekocht wurde, roch furchtbar gut." Connor deutete mit dem Daumen in Richtung seiner Brüder. „Ich hätte gerne einen von ihnen hungern lassen."

„Ich wette, das hättest du", lachte Adam und zeigte auf Connor. „Wenn du als Kind nicht auf deinen Teller aufgepasst hast, hat dir dieser Kerl die Kekse vor der Nase weggestohlen.

Connor zuckte mit den Schultern. „Wer rastet, der rostet."

Wie so oft beim Abendessen auf der Ranch dominierten die Brüder das Gespräch. D.J. schimpfte über Budgetkürzungen: „Ich will keinen Officer entlassen müssen. Wir sind in diesem County sowieso schon unterbesetzt." Adam und Connor sprachen über Wildpferde: „Es wird gemunkelt, dass die Herde wieder umgesiedelt werden soll. Was, wie wir alle wissen, ein politischer Ausdruck dafür ist, dass die Schwächeren als Hundefutter enden werden."

Aber Toni, die schweigend dasaß, war diejenige, die ihn überrascht hatte. Selbst als Meg das Thema

Hochzeit ansprach, blieb Toni meist still, wenn auch nicht gedankenverloren; ihre Aufmerksamkeit schien auf die Geschehnisse auf der anderen Seite des Cafés gerichtet zu sein.

„Also, wie lautet der Plan?", fragte D.J. Connor.

„Ich weiß es noch nicht. Aber wenn alles so läuft, wie ich hoffe, werde ich nächstes Jahr um diese Zeit mit Pferden statt mit Ölquellen arbeiten."

„Tante Eileen wird das gefallen", sagte Meg.

„Ja", fügte D.J. hinzu. „Du und Ethan stehen ganz oben auf ihrer täglichen Sorgenliste."

„Die Arbeit auf Ölfeldern ist viel sicherer, als Spezialeinheiten durch ein Kriegsgebiet zu chauffieren." Für einen Sekundenbruchteil wurde es still am Tisch. Es war immer schwer, daran erinnert zu werden, dass Ethans Job als Hubschrauberpilot nicht der sicherste beim Militär war. Dann fügte Connor hinzu: „Wenn wir gerade bei unserem blondhaarigen Bruder sind, gibt es irgendwelche interessanten Neuigkeiten?"

„Das Gleiche wie immer", mischte sich Brooks ein. „Wir haben keine Ahnung, wo er ist, aber er scheint versetzt worden zu sein. Die letzten paarmal, als wir mit ihm geskypt haben, war er drinnen und warm angezogen. Es sah nicht so aus, als wäre er in der Wüste gewesen."

„Oh, das wäre schön. Vielleicht haben sie ihn nach Deutschland oder an einen anderen sicheren Ort verlegt." Megs Gesichtsausdruck war wie der einer besorgten Schwester.

„Ich bezweifle es", sagte D.J. „Wenn er in Deutschland wäre, könnte er es uns sagen."

Abbie und Shannon, die andere Kellnerin, kamen mit zwei schweren Tabletts voller Essen an den Tisch. Sie stellten die Teller einen nach dem anderen ab. Das Besteck klapperte und die Servietten flogen umher, als sich alle darauf vorbereiteten, loszulegen. Nur Toni schien abgelenkt zu sein. Ihr Blick schweifte wieder einmal auf die andere Seite des Raumes.

Neugierig blickte Brooks in die Richtung, auf die sie sich konzentrierte. Was, oder wen, konnte sie nicht aus den Augen lassen?

In Gedanken hörte Toni ihre Mutter immer wieder sagen: *Es ist nicht nett, zu starren.* Aber sie konnte nicht anders. Irgendetwas an der Dame in der Nische am anderen Ende des Cafés hatte ihre Aufmerksamkeit erregt, und sie konnte nicht aufhören hinüberzusehen, bis sie das Rätsel gelöst hatte.

„Ist alles in Ordnung?", fragte Meg leise, während sie sich vorbeugte und auf Tonis unangetasteten Teller deutete.

„Oh. Ja, es sieht toll aus." Sie hatte Lachs bestellt und wünschte sich jetzt, sie hätte etwas weniger … Fischiges genommen. Sie nahm einen Bissen Kartoffelpüree und beruhigte Meg mit einem Daumen nach oben.

„Wie lange bleibst du denn hier?", fragte Connor.

Nicht lange genug. „Ich bin wegen der Hochzeit hier."

Megs Gabel stoppte auf halbem Weg zu ihrem Mund und sie sah Toni in die Augen. „Du kannst gerne so lange bleiben, wie du willst."

Zweifellos waren die gütigen Worte ihrer Freundin auf ihr vorheriges Gespräch zurückzuführen. Das Angebot brachte Toni zum Lächeln. Auf dem College hielten sie sprichwörtlich zusammen wie Pech und Schwefel. Es sollte sie nicht überraschen, dass Meg jetzt genauso für sie da war wie damals. „Danke."

Erneut zog sie eine Bewegung an dem Tisch auf der anderen Seit in ihren Bann. Nur dieses Mal hatte sie etwas erkannt, was ihr nicht gefiel. Es war zwar subtil, aber doch vorhanden. Jedes Mal, wenn der Mann über den Tisch hinweg nach Salz oder Pfeffer oder wie gerade nach der Dessertkarte griff, zuckte die Frau neben ihm zusammen. Fast unmerklich. Toni hoffte inständig, dass sie das falsch interpretierte, aber bei jeder plötzlichen Bewegung schien sich die Frau zu wappnen.

„Stimmt etwas nicht?"

Sie war so vertieft in die Beobachtung des Paares, dass sie wieder einmal ihr Essen vergessen hatte. Nur kam die Frage diesmal nicht von Meg, sondern von Brooks, der nicht auf ihren Teller deutete, sondern zum selben Tisch blickte wie sie. „Ich weiß es nicht", antwortete sie.

Er zog die Brauen hoch und legte die Stirn in Falten. Wie Connors Lachfalten verstärkten auch Brooks' gerunzelte Brauen nur seinen Sexappeal. Aber wie bei Adam hatte Connors gutes Aussehen keine Wirkung auf sie. Brooks hingegen lehnte sich so nah an sie heran, dass ihr Magen Purzelbäume schlug.

„Wer sind die Leute da drüben?", fragte sie.

Sein Blick suchte den Bereich ab, den sie beobachtet hatte. „Welcher Tisch?"

„Der Tisch mit der Blondine und dem Mann in dem weißen Hemd."

„Jake Thomas und seine Frau, Charlotte. Er führt jetzt den Futtermittelladen. Ein Familienbetrieb. Er kam aus Dallas zurück, um den Laden von seinem Vater zu übernehmen. Warum?" Er beantwortete die Frage, ließ seinen Blick aber weiterhin auf das Paar gerichtet.

„Ich bin mir nicht sicher."

Seine Aufmerksamkeit richtete sich wieder auf sie.

„Doch, das bist du."

„Vielleicht." Sie sah sich nach einem Ort um, an dem sie sich ungestört unterhalten konnten, aber es fiel ihr kein guter Grund ein, warum sie aufstehen sollten. Was sie wirklich wollte, war eine Ausrede, um einen besseren Blick zu ergattern. „Ich wünschte, ich hätte einen Grund ..."

Ihr Satz blieb unvollendet, und als sie ihren Blick wieder auf Brooks richtete, musterte er sie einen Moment lang und schob dann seinen Stuhl zurück. „Ich glaube, ich muss einen Verdauungsspaziergang machen." Er stand auf und wandte sich Adam zu. „Ich werde zu deinem Haus latschen, um meinen Wagen zu holen."

„Das ist eine sehr gute Idee." Toni tätschelte ihren Bauch, schob ihren Stuhl zurück und stand auf. Sie war vorher schon auf der Damentoilette gewesen, aber das hatte ihr keinen besseren Blick auf besagten Tisch verschafft. Brooks gab ihr die perfekte Ausrede, um an dem Tisch vorbeizugehen, um ihre Vermutung zu untermauern. Auf dem Weg nach Hause könnte sie ein paar Fragen stellen und ihre Ideen äußern, ohne Verdacht zu schöpfen. „Darf ich dich begleiten?"

KAPITEL NEUN

Als er Toni durch das Café begleitete, verlangsamte Brooks sein Tempo und dachte sich, wenn die Dame einen genaueren Blick erhaschen wollte, dann sollte sie ihn auch bekommen. Und vielleicht würde er herausfinden, was sie so gefesselt hatte.

„Hey, Jake." Brooks blieb am Fuß des Tisches stehen. „Tut mir leid, dass ich noch keine Gelegenheit hatte, im Futtermittelladen vorbeizuschauen und dich gebührend zu Hause willkommen zu heißen."

„Kein Problem." Mit einem breiten Lächeln stand Jake jr. auf und streckte Brooks die Hand entgegen. „Die meisten Farradays sind bereits bei mir vorbeigekommen, und deine Tante hat uns mit genügend Konserven eingedeckt, um uns durch zwei Winter zu bringen."

„Freut mich zu hören." Lächelnd wandte sich Brooks an Jakes Frau: „Wie gefällt es dir bisher in Tuckers Bluff?"

„Es gefällt ihr sehr gut", antwortete Jake und lächelte immer noch wie der Gewinner des Hauptpreises auf dem Jahrmarkt. „Nicht wahr, Schatz?"

Die zierliche Blondine nickte, doch vermied direkten Augenkontakt. „Es ist eine reizende Stadt."

„Jawohl. Wir sind froh, wieder zu Hause zu sein. Dallas kann man sich ansehen, aber es ist nicht unser Zuhause. Weißt du, was ich meine?"

„Na klar." Selbst auf einen Besuch hatte er keine große Lust. „Wie lange seid ihr jetzt schon zu Hause?"

„Fast zwei Monate."

„Wow. Ich war wirklich nachlässig. Wir müssen mal ein paar von den Jungs auf ein Bier zusammentrommeln und übertriebene High School-Erinnerungen austauschen."

Jake stieß ein tiefes Lachen aus und klopfte Brooks auf die Schulter. „Wenn die Farradays involviert waren, gibt es keinen Grund zum Übertreiben. Verdammt, wir hatten ein paar schöne Zeiten zusammen."

„Ja", Brooks lächelte, „die hatten wir. Wir müssen uns auf jeden Fall mal auf ein Bier treffen."

Jake schüttelte ihm erneut die Hand und nahm wieder Platz. „Klingt gut. Vielleicht dieses Wochenende."

„Ich schaue mal, wer Zeit hat." Als er sich mit einem Winken vom Tisch entfernte und zur Tür ging, hätte Brooks beinahe seine Hand auf Tonis Rücken gelegt, fing sich aber gerade noch rechtzeitig.

„Du kennst ihn gut?", fragte Toni, sobald sich die Tür des Cafés hinter ihnen geschlossen hatte.

„Das war einmal. Das ist eine kleine Stadt, in der wir als Kinder alle zusammen abgehangen haben, auch wenn Jahre zwischen uns lagen. Ich glaube, Jake ist so alt wie Connor. Ich weiß, dass er jünger ist als ich. Jedenfalls ist er vor einer Weile weggezogen."

„Klang so, als wäre seine Frau nicht von hier." Toni ging neben ihm auf dem Bürgersteig.

„Ich bin mir nicht sicher, woher sie kommt. Bei einem Besuch zu Hause – ich glaube, da war ich noch Assistenzarzt – hat Tante Eileen erwähnt, dass Jake jr. geheiratet hat."

„Das ist also schon eine Weile her?"

Er verlangsamte seinen Gang, um sich ihrer

Geschwindigkeit anzupassen. „Ja, ich denke schon. Aber warum? Wozu die ganzen Fragen?"

„Er schien glücklich, freundlich. Fast zu glücklich." Sie hatte die Hände in die Taschen gesteckt und wandte ihren Blick ab.

„Ich weiß nicht. Er hat immer gelacht und Witze gemacht. Ein Schritt entfernt vom Klassenclown."

„Er war nicht gemein?"

„Jake?" Brooks griff nach ihrem Arm, brachte sie zum Stehen und hielt inne, um Toni anzusehen. Ihr Blick war ausdruckslos, aber er konnte fast sehen, wie sich die Zahnräder in ihrem Kopf drehten. „Woran denkst du?"

Sie zog ihren Arm vorsichtig zurück und ging langsam weiter. „Ist dir aufgefallen, dass er für Charlotte geantwortet hat?"

Hatte Jake das? Der Typ war in der Schule immer sehr gesellig gewesen. Der Mittelpunkt einer jeden Party. „Ich glaube nicht."

„Hat er aber. Du hast sie gefragt, wie es ihr in der Stadt gefällt, und Jake hat geantwortet, dass es ihr sehr gut gefällt."

„Und …?"

„Seine Frau kam kaum zu Wort."

„Nun, das ist keine Überraschung, wir sind uns noch nie begegnet. Vielleicht ist sie schüchtern."

„Vielleicht, aber ich glaube, es ist mehr als das."

Brooks ließ sich das kurze Gespräch noch einmal durch den Kopf gehen. Es lief ab wie ein Dutzend anderer höflicher Unterhaltungen zwischen zwei Männern, die sich seit Jahren nicht mehr gesehen hatten. Ein paar Lacher, ein paar Erinnerungen und die obligatorische höfliche Einladung, zu der es wahrscheinlich nie kommen würde.

„Ich habe das schon einmal gesehen."

„Was gesehen?"

„Der gesellige Typ, jedermanns Freund, der eine Nonne aus ihrem Höschen oder einen König aus seinem Schloss locken könnte. Er heiratet das hübsche Mädchen, das nette Mädchen, das Mädchen mit den großen Träumen. Langsam werden seine Träume zu ihren."

„Das muss nicht immer etwas Schlechtes sein. Ein Ehepaar sollte in der Lage sein, einen Traum zu teilen."

„Teilen, nicht unterdrücken. Ihre Freunde, die Menschen, von denen sie dachte, sie stünden ihr näher als die Familie, werden leise weggedrängt, bis ihre einzigen Freunde seine Freunde sind. Bald hat sie keine Träume mehr, keine Freunde, keine Stimme. Er denkt für sie, er träumt für sie, er spricht für sie."

Tonis Blick blieb die Main Street hinunter gerichtet, aber Brooks behielt seine Aufmerksamkeit auf ihr und dem Bild, das sie malte. Ihre Worte ließen die Haare auf seinen Armen zu Berge stehen.

„Dann, eines Tages, wenn sie zu spät zum Abendessen kommt oder einen losen Knopf nicht wieder angenäht hat oder vielleicht vergessen hat, seinen Glücksanzug in die Reinigung zu bringen, zeigt der heitere Prinz eine dunklere Seite und sie ertappt sich dabei, wie sie jedes Mal den Kopf einzieht, wenn er seine Stimme erhebt."

„Und seine Hände?"

„Das kommt später. Nachdem sie fest davon überzeugt ist, dass alles, was in ihrer Welt schiefläuft, ihre Schuld ist. Wäre sie doch nur schneller, klüger, hübscher, witziger. Selbst Dinge, in denen sie überragend war, scheinen ihr zu entfallen. Das kräftige Packen am Arm und das harte Schütteln, das violette Striemen hinterlässt, können nur ihre Schuld sein. Nächstes Mal wird sie schlauer, witziger, schneller sein. Sie wird es besser machen, und es wird keine Striemen geben. Hast du dir ihr Gesicht angesehen?"

Brooks blinzelte und die Finger an seinen Seiten ballten sich zu Fäusten. Die Frage kam unerwartet. „Ja, ich habe sie angesehen."

„Ich auch. Willst du wissen, was ich gesehen habe?"

Brooks nickte. Sie waren gerade an der Abzweigung zu Megs Bed-and-Breakfast vorbeigegangen, doch er sagte nichts.

„Zerbrochene Träume, verlorene Hoffnung und Angst. Aber das ist nicht das Schlimmste."

Er machte sich auf Worte gefasst, die er nicht hören wollte.

„Ich habe Make-up gesehen."

„Make-up?" Er verstand nicht. Alle Frauen trugen Make-up.

„Ihre linke Wange, sie hat den Kopf nur einmal weit genug gedreht, dass man sie sehen konnte. Eine dicke Schicht Make-up und Rouge. Keine gewöhnliche Schminke, die eine Frau benutzt, um eine schlaflose Nacht oder ein paar Altersflecken zu kaschieren. Sondern die Art von Make-up, die Schauspieler verwenden, um Tattoos und andere Makel zu überdecken. Die Art von Make-up, die eine Ehefrau kaufen würde, um vor Außenstehenden zu verbergen, dass ihr Mann nicht der nette, charmante Prinz ist, für den ihn der Rest der Welt hält."

„Jake?" Der Typ, den er aus der Schule kannte, würde alles tun, um nicht auf eine Ameise zu treten. Toni musste sich irren. „Manchmal sind die Dinge nicht so, wie sie scheinen."

Sie kam an der Ecke zum Stehen und blickte über ihre Schulter auf das Straßenschild und wieder dorthin, wo sie hätten abbiegen sollen. „Die Dinge sind selten das, was sie zu sein scheinen, deshalb weiß ich, dass ich Recht habe. Charlotte Thomas ist in Schwierigkeiten."

Er mochte es nicht glauben. Er wollte nicht glauben, dass jemand, den er gekannt und gemocht hatte, zu jemandem werden konnte, den er nicht ausstehen konnte. Er wollte nicht akzeptieren, dass die Hässlichkeit, die er in Dallas hinter sich gelassen hatte, hier in seinem kleinen Stückchen Himmel so leicht wieder auftauchen konnte. Er wollte nicht daran denken, dass er als Arzt, der den Behörden, öfter als er sich erinnern wollte, häusliche Gewalt hatte melden müssen, die Liste der Anzeichen übersehen konnte, die Toni ihm aufgezählt hatte. Und was noch schlimmer war, er wollte nicht wissen, warum Toni so versiert in den Methoden eines Missbrauchstäters war. „Wie kannst du dir sicher sein?"

Ihre Augen verengten sich, und ihr Blick richtete sich auf seinen. Anstelle der Traurigkeit, die er zuvor in ihren Augen gesehen hatte, starrten ihn diese tiefblauen Augen mit Entschlossenheit und Zorn an. „Weil ich an ihrer Stelle war."

Hatte sie diese Worte tatsächlich ausgesprochen? Noch vor kurzem hätte sie Frauen wie Charlotte Thomas in ihrer Welt nicht bemerkt. Und sie hätte sicher nicht zugegeben, dass sie eine von ihnen war. Toni verschränkte die Arme und rieb das Frösteln weg. „Das habe ich noch nie laut gesagt."

Obwohl der Schauer, der ihr den Rücken hinauflief, wenig damit zu tun hatte, dass die Temperatur mit der untergehenden Frühlingssonne sank, zog Brooks seine Jeansjacke aus und legte sie ihr über die Schultern. Für die längsten Sekunden ihres Lebens ruhten seine Finger behutsam auf ihren Schultern. Irgendwann war sie sich sicher, dass er sie in eine tröstende Umarmung ziehen würde, eine Wärme, die sie so dringend brauchte. Doch stattdessen wich er einen Schritt zurück. „Wir sollten reingehen. Die Nachtluft wird gleich wie ein Eisblock herabsinken."

Er blieb ganz still stehen, und der Abstand zwischen seinen nächsten Worten war so groß, dass Toni sich fragte, was in ihm vorging.

„Falls du noch weiterreden willst", er hob das Kinn und deutete auf ein grau-weißes, einstöckiges Haus schräg gegenüber von ihnen, „das da ist mein Haus. Oder wir können zu Meg zurückgehen."

Es dauerte ganze fünf Sekunden, bis sie wusste, dass sie jemandem sagen musste, was vor sich ging, und obwohl sie Meg von der bevorstehenden Scheidung erzählt hatte, war Toni einfach nicht bereit, ihrer vor langer Zeit besten Freundin mitzuteilen, was für eine Närrin sie gewesen war. Sie war genauso wenig in der Lage, ihre Fehler mit ihrer Freundin zu teilen, wie Toni es gewesen war, ihrer Familie die Wahrheit über ihre Welt zu offenbaren. Ihre Mutter glaubte immer noch, dass Tonis schickes, exklusives Leben der Grund dafür war, dass sie nicht an Familienfeiern teilnahm und keine Anrufe entgegennahm. Bis vor kurzem war selbst Toni nicht bereit gewesen, sich ihrer Realität zu stellen. „Zu dir, bitte."

Mit einem knappen Kopfnicken und einer warmen Hand auf ihrem Rücken schob er sie über die Straße und den Steinweg hinauf zu dem alten Handwerkshaus. „Es ist ein wenig karg, aber sauber."

Angesichts dessen, was Meg darüber erzählte, wie viel Zeit Brooks in der Arbeit verbrachte und wie oft er im ganzen County Hausbesuche machte, um sich um diejenigen zu kümmern, die nicht zu ihm kommen konnten, war es kein Wunder, dass das karge, aber saubere Haus so gut ins Bild passte. Sie würde es

Bachelor für Anfänger nennen. Klare Linien, dunkle Farben, ein riesiger Fernseher. Und kein einziges Staubkorn. „Schön hier."

„Danke." Der Mann hatte sein Handy in der Hand und strich mit den Fingern über die Vorderseite. „Ich lasse Adam wissen, dass du hier bist, damit Meg sich keine Sorgen macht. Möchtest du etwas trinken?"

„Gute Idee. Und nein, danke."

Ein weiteres Nicken und die beiden schlurften unbeholfen in der Mitte seines Wohnzimmers umher, bis er auf einen Sessel in der Nähe deutete. „Der ist am bequemsten."

Und war höchstwahrscheinlich sein Lieblingssessel. „Wenn ich es mir recht überlege, klingt Tee wirklich gut."

„Ich setze einen Kessel auf."

„Du hast einen Kessel?" Sie folgte ihm in die Küche. Anders als das schlichte Wohnzimmer, war die Küche antiker, vielleicht mit einem frischen Anstrich versehen.

„Ganz ehrlich?"

Sie nickte.

„Das wird sein erstes Aufkochen sein." Er unterdrückte ein Lächeln, das zehnmal mehr als seine Jacke dafür sorgte, dass ihr warm wurde. Und sie sich unglaublich sicher fühlte.

„Was machen wir jetzt mit Charlotte Thomas?"

Mit der Schachtel Tee in der Hand schloss Brooks den Schrank und sah sie an. „Ich weiß es noch nicht. Erzähl mir mehr."

„Sie hat jedes Mal gezuckt, wenn ihr Mann nach etwas gegriffen hat."

„Ich meine über dich."

„Oh." Sie musste irgendetwas tun. Sie zog eine nahe gelegene Schublade auf, fand Besteck und legte es auf den Kacheltresen. „Ich schätze, man könnte mich als den Frosch in einem Topf mit kaltem Wasser bezeichnen.“

„Wie bitte?“

„Wenn der Bauer einen Frosch in einen Topf mit kochendem Wasser werfen würde, wäre der Frosch klug genug, herauszuspringen und zu fliehen. Aber wenn der Bauer den Frosch in einen Topf mit kaltem Wasser wirft und langsam die Temperatur erhöht, ist der Frosch gekocht, bevor er weiß, wie ihm geschieht.“ Sie stieß einen Seufzer aus. „Ich fühle mich wie eine Idiotin.“

„Du bist keine Idiotin. Weit gefehlt.“

„Alles, was ich vorher gesagt habe, war wahr. William war die Antwort auf den Traum eines jeden Mädchens vom Märchenprinzen. Fürsorglich, aufmerksam und gutaussehend. Zumindest fühlte es sich so an. Ich habe das alles nicht kommen sehen.“

„Was nicht kommen sehen?“

„Das kochende Wasser. Den echten William. Den Kontrollfreak, den Manipulierer. Er war so eifersüchtig. Zuerst dachte ich tatsächlich, es läge daran, wie sehr er mich liebte.“

Brooks stellte den Kessel auf den Herd und wartete. Darin war er gut.

„Eines Tages lächelte mich der Pförtner unseres Wohnhauses an. Bis dahin dachte ich, dass Liebe und Vertrauen Hand in Hand gehen. William schloss daraus, dass der Pförtner und ich eine Affäre haben mussten. Die ganze Idee war so absurd, dass ich ihn nicht ernst genommen habe. Selbst als wir einen netten neuen, älteren Portier bekamen, kam mir nie in den Sinn, dass es eine Verbindung geben könnte.“ Sie setzte sich auf einen nahestehenden Hocker.

„Aber die gab es.“

Toni nickte langsam. „So viele Zusammenhänge habe ich übersehen.“

„Aber jetzt siehst du sie?“

Sie wippte wieder mit dem Kopf und rieb sich die Wange.

Brooks‘ Augen verengten sich und seine Lippen wurden schmal. „Er hat dich geschlagen.“

Sie ließ ihre Hand auf die Arbeitsplatte sinken und holte tief Luft. „Nur einmal. Das hat gereicht.“

„Und jetzt?“

„Ich bin mir nicht ganz sicher. Seit dieser Nacht bin ich am Planen.“

Brooks stützte die Ellbogen auf den Tresen und lehnte sich vor. „Die Nacht, in der er dich geschlagen hat?“

Sie nickte. „Es ist nicht einfach, genug Geld zu sparen, um einen Ehemann mit Verbindungen zu verlassen, wenn man keinen Job hat.“

„Was ist mit deiner Familie? Würden sie dir nicht helfen?“

„Doch, natürlich.“ Sie fummelte an einem Teelöffel herum. „Wenn sie es wüssten. Ich möchte nicht, dass sie jemals erfahren, dass mein Leben nicht der Traum war, von dem sie dachten, dass ich ihn leben würde. Von dem wir alle dachten, dass ich ihn leben würde. Aber noch mehr als das, habe ich Angst davor, was William ihnen antun könnte, wenn ich nach Hause gehe, bevor alles vorbei ist. Ich will sie nicht mit hineinziehen.“

„Siehst du.“ Brooks lächelte. „Keine Idiotin. Du sorgst dich um die Menschen, die dir etwas bedeuten.“

Sie fühlte sich heute viel klüger. „Jedenfalls hatte ich genug abgeschöpft, um einen Anwalt zu engagieren, als William so unerwartet aus der Stadt gerufen wurde. Das war eine einmalige Gelegenheit, die ich nutzen musste. Das Timing seiner Reise und Megs Hochzeit war zu perfekt, um es sich entgehen zu lassen. Ich habe nicht wirklich vorausgedacht.“

Der Teekessel pfiff und Brooks ging zum Herd. „Und das Baby?"

„Baby?"

„Dachtest du, ich würde es nicht bemerken?" Er hob den spuckenden Kessel vom Feuer und blickte sie durch lange, dunkle Wimpern an. „Jedes Mal, wenn ich dich gesehen habe, warst du öfter auf der Toilette als alle anderen im Raum zusammen. Gestern Abend auf der Ranch wurdest du so grün wie ein irisches Kleeblatt, als Adam dir die Kaffeetasse unter die Nase hielt, ich habe noch nie erlebt, dass jemand Erdnussbutter auf Pfirsicheis getan hat, und heute Abend hast du beim Lachs die Nase gerümpft. Wie weit bist du schon?"

KAPITEL ZEHN

„Nein." Toni schüttelte den Kopf. „Du irrst dich. Ich kann keine Kinder bekommen."

Übelkeit und Blasenschwäche könnten Symptome für vieles sein. Aber Erdnussbutter und Pfirsicheiscreme? „Warum sagst du das?", fragte Brooks.

„Wir hatten zwar darüber geredet, eine Familie zu gründen, aber eines Tages habe Williams Schreibtisch sauber gemacht, um ich zu helfen."

Der Mann, den sie beschrieb, schien nicht die Art Kerl zu sein, der Hilfe beim Aufräumen wollen würde, doch Brooks würde das jetzt nicht anmerken.

„Ich fand eine Patientenakte. Er war in Behandlung bei einem Dr. Pendleton. Der Name klang nicht wie einer unserer üblichen Ärzte, also habe ich hineingesehen."

Honig in seinen Tee rührend blickte Brooks zu ihr, ohne den Kopf zu heben. „Während du aufgeräumt hast?"

Ein leichtes Lächeln zog an ihren Mundwinkeln. Sie wusste, dass er sie erwischt hatte. „William hat immer etwas Bargeld in seinem Büro. Egal, es stellte sich heraus, dass mein liebender Ehemann eine Vasektomie hatte und mir nichts erzählt hatte. Also kann ich nicht schwanger sein."

Brooks stellte seine Ellbogen auf den Tisch, legte seine linke Hand über seiner rechten, schloss die Augen und lehnte seine Stirn gegen seine geschlossenen Hände. Toni würde vermutlich ein böses Erwachen erleben und er wollte nicht derjenige sein, der ihr das sagte. Er blickte ihr in die Augen, legte seine Hände flach auf den Tresen und fing an: „Wie lange ist der Eingriff her?"

„Etwa sechs Monate."

Genau, das was er befürchtet hatte. „Vasektomien bieten genau wie die Pille oder andere Empfängnisverhütungsmittel keine hundertprozentige Garantie, auch wenn sie die höchste Erfolgsquote haben. Statistiken zeigen, dass die Chancen schwanger zu werden in den ersten Monaten nach dem Eingriff am höchsten sind. Es besteht eine geringe Wahrscheinlichkeit, dass dein Mann ein Kind zeugen kann."

Er musste sie nicht fragen, ob die Möglichkeit bestand, dass sie schwanger war, da ihre Gedanken sich wie ein Bühnenstück auf ihrem Gesicht abzeichneten. Zuerst war die Überraschung zu erkennen, als sie von den Erfolgsquoten hörte. Sie biss sich nachdenklich auf die Unterlippe und ihr Kopf ging alle verfügbaren Daten durch: wann sie und William zum letzten Mal Geschlechtsverkehr gehabt hatten und wann ihr letzter Menstruationszyklus gewesen war. Als sämtliche Farbe aus ihrem Gesicht verschwand und einen fahlen grünen Ton annahm, als hätte sie verdorbenen Fisch gerochen, hatte er die Antwort auf beide Fragen. Aber das entscheidende Argument war, als ihre Hand instinktiv auf ihren immer noch flachen Bauch fiel.

Ja, eine verheiratete, schwangere Frau war ihm unter die Haut gegangen und jetzt war jeder beschützerische Instinkt in ihm bereit, dieses Arschloch von Ehemann ungespitzt in den Boden rammen.

Toni legte ihre zittrigen Finger um die warme Teetasse und blickte in das dampfende Gebräu. „Es war vielleicht vor einem Monat. Vier Wochen." Sie schniefte. „Freitag vor vier Wochen. Er war mit Rosen und Wein und Schokolade und einem neuen Prada-Outfit nach Hause gekommen. Kleid, Schuhe und Handtasche. Leere Gesten, mit denen er mich leider immer um den Finger wickeln konnte.“ Sie gab ein verärgertes Lachen von sich. „Es war eine Entschuldigung für die Nacht zuvor. Ich hatte nicht realisiert, dass ein teures Kleid der Preis eines blauen Auges ist.“ Sie klammerte sich fester an die Tasse. „Ich wagte es nicht … nun … am Tag darauf habe ich alles zurückgebracht und das Geld benutzt, um einen Scheidungsanwalt zu engagieren.“

Der Preis für ein blaues Auge. Gerade wünschte sich Brooks mehr als alles andere, dass noch jemand hier wäre, um ihre Geschichte zu hören. Meg, Tante Eileen, Nora. Selbst Adam oder D.J. würden helfen. Die Vorstellung, dass ein Mann die Hand gegen Toni erhob und sie verletzte, ließ ein Gefühl unglaublicher Wut in ihm brodeln und er brauchte jedes Quäntchen Selbstbeherrschung, seine Faust nicht in die nächste Wand zu schlagen.

„Gott, das ändert alles.“ Sie hatte immer noch nicht zu ihm aufgeblickt.

Zur Beruhigung tief einatmend, sagte er: „Gehst du zu ihm zurück?“

„Nein!“ Endlich blickte sie ihm in die Augen. „Nein“, wiederholte sie etwas leiser. „Ich werde nie wieder auf ihn hereinfallen. Mein Anwalt versucht all Möglichkeiten, ihm die Scheidungspapiere zukommen zu lassen, solange er aus dem Land ist, damit das durch ist, bevor er nach Hause kommt.“

„Wird das klappen?“

„Nein. Vielleicht. Es hängt von der US-Botschaft in dem Land ab, in dem er gerade ist. Wenn es dort überhaupt eine gibt.“ Sie blickte wieder auf ihren Tee hinunter, hob die Tasse an die Lippen und stellte sie dann langsam wieder ab. „Ein Baby wird uns für immer verbinden." Und wie zuvor, als sie die Wahrscheinlichkeiten in ihrem Kopf ausgerechnet hatte, wurden ihre tiefblauen Augen klein. „Oh mein Gott, er wird ein Besuchsrecht bekommen. Vielleicht sogar gemeinsames Sorgerecht. Oh mein Gott, was, wenn er dem Kind antut, was er mir angetan hat?"

Bei all dem Geld, was der Kerl scheinbar hatte, wusste Brooks nicht, ob er erwähnen sollte, dass ihr zukünftiger Ex-Ehemann vielleicht sogar versuchen könnte, Toni ganz aus dem Leben des Kindes zu streichen. Doch angesichts des wachsenden Schreckens in ihren Augen, war jetzt nicht der Richtige Zeitpunkt dafür. „Hör zu, mach dich nicht so fertig damit, darüber nachzugrübeln, was sein könnte. Morgen in der Arbeit machen wir einen einfachen Schwangerschaftstest. Klingt das nach einem Plan?"

Ihre Schultern sackten zusammen und ihr Kopf wackelte wie in Zeitlupe auf und ab. Bis morgen auf Antworten zu warten würde qualvolle Folter sein.

Schwanger. Der heiße Tee hatte nicht geholfen, ihre blankliegenden Nerven oder ihren flauen Magen zu beruhigen. Jahrelang schon hatte sie eine Familie gründen wollen. William hatte immer Ausflüchte gefunden. Ein weiterer Deal. Ein weiteres Projekt. Im letzten Jahr hatte er sie so selten angefasst, dass sie fast aufgegeben hatte, je eine vollständige Familie zu haben. Dann, vor etwa fünf oder sechs Monaten hatte er gesagt, dass es Zeit war, die Pille abzusetzen. So positiv das auf den ersten Blick gewirkt hatte, danach war er grober, wütender, fordernder geworden. Und bis in jener Nacht vor vier Wochen hatte er sie nicht mehr angefasst. Eine kurze Zeit lang hatte sie gedacht, dass er eine Kehrtwende gemacht hatte, dass der Schreck, sie geschlagen zu haben, die Tränen und das blaue Auge, die Scham über das alles, den Mann zurückgebracht hatten, in den sie sich verliebt hatte. Die Laken waren immer noch warm, als er sich von ihr abgewannt und seine Wut an ihr ausgelassen hatte. Da hatte sie gewusst, dass es kein Zurück gab. In den Monaten, seit dem Tag, an dem er sie so sehr geschüttelt hatte, dass Blutergüsse auf ihrem Arm zurückgeblieben waren, hatte sie langsam angefangen, zu akzeptieren, dass ihre Realität nicht ihr Traum war. Dann, nach jener Nacht hatte sie angefangen, sich zu informieren, zu sparen, zu planen. Und jetzt. Gott, und jetzt.

„Du machst mir Sorgen." Brooks' leise Stimme riss sie aus ihren Gedanken.

„Das will ich nicht."

„Erzähl mir etwas Lustiges." Sein Blick wurde sanft und seine Mundwinkel wanderten ein klein wenig nach oben. „Was ist deine Lieblingserinnerung an Meg?"

„Für Hummer um zwei Uhr morgens nach Maine zu fahren?"

„Du machst Scherze?"

„Nein. Wir waren mit ein paar Freunden in einem Club. Einer nach dem anderen verschwand und um zwei waren wir alleine und hungrig. Ich weiß nicht mehr, wer den Hummer als erstes erwähnte, aber das nächste, an das ich mich erinnere, ist, dass wir im Auto auf der Interstate fünfundneunzig waren."

„Deine zweit liebste Erinnerung?"

Sie versuchte nicht zu sehr zu lächeln, aber die Erinnerung von Meg an der Spitze einer menschlichen Pyramide, die wie Tarzan schrie, ließ Toni kichern. „Wir waren in unserem Abschlussjahr zum Spring

Break in Florida. Alle durften legal Trinken und wir hatten einen Heidenspaß. Da war diese verrückte Party am Strand. Ich war kurz ins Wasser gegangen, um mich abzukühlen, und als ich wieder herauskam, stand Meg an der Spitze einer menschlichen Pyramide."

„Das klingt nicht so lustig."

Vielleicht hatte es etwas mit dem Berg aus Footballspielern unter ihr zu tun. „Ich denke, man muss dabei gewesen sein. Was ist mit dir? Wer ist dein bester Freund?"

„Adam. Außerhalb der Familie wäre es Hank Tatum." Dieses Mal lächelte Brooks. „Er und ich waren die einzigen von unserer Abschlussklasse, die an die A&M gingen. Ich habe ein paar schöne Erinnerungen an diese Zeit."

„Lustigste Erinnerung?"

Brooks starrte sie einen langen Augenblick an. „Vielleicht ein anderes Mal. Ich bringe dich besser heim, bevor Meg noch einen Suchtrupp nach dir losschickt."

Toni hüpfte von ihrem Hocker. „Feigling."

„Ich." Er schlug sich mit der Handfläche auf die Brust. „Das hier ist Rinder-Land, Ma'am."

„Okay. Großmaul."

Brooks warf seinen Kopf zurück und lachte. Das donnernde Geräusch vibrierte durch sie hindurch und weckte das verlangen, ebenfalls laut zu lachen. „Ihr, Miss Toni, zeigt definitiv Entschlossenheit."

„Das tue ich."

Brooks streckte seinen Ellbogen aus und wartete, bis Toni ihren Arm einhakte, bevor er Richtung Tür ging. „Lasst mich Euch von dem Mal erzählen, als Hank Tante Eileen eine Schei – ähm – eine Heidenangst eingejagt hat. In unserem zweiten Jahr an der Uni haben wir ein günstiges Apartment in einem etwas älteren Gebäude gemietet. Die Vordertür ging auf einen außenliegenden Flur.“

„Wie in einem Motel?“

„Exakt. Unser Apartment war oben. Dad und Tante Eileen waren gekommen, um uns beim Einzug zu helfen. Tante Eileen warf einen Blick auf den Wasserschaden und den Schimmel an der Decke unseres Bads und marschierte direkt zum Büro des Hausverwalters. Eine halbe Stunde später zogen wir nach unten um.“

Sie gingen den Bürgersteig entlang und da Brooks seinen Arm nicht weggezogen hatte, hielt Toni sich immer noch an seinem Ellbogen ein und genoss seine erfrischende Art und seine offensichtliche Liebe für seine Tante.

„Tante Eileen geht also mit den Armen voller Kissen den Gang im Erdgeschoss entlang zu unserem neuen Apartment, als sie ein Paar Cowboystiefel erblickte, die von der Kante über ihr herabbaumeln. Noch ein paar Schritte und sie bemerkte, dass an den Schuhen auch eine Jeans hing. Kaum war sie stehengeblieben, landete Hank auch schon vor ihr auf dem Boden. Sie kreischte laut genug, dass die meisten Nachbarn ihre Türen aufrissen, um nachzusehen, was passiert war.“

„Oh mein Gott, kein Wunder, dass sie Angst hatte. Wer erwartet schon, dass ein Mann vom Himmel fällt?“

„Ja, nun, Hank tippte seinen Hut an und sagte zu Tante Eileen: *Sorry Ma’am, aber das ist der schnellste Weg ins Erdgeschoss.*“

Toni musste lächeln. „Okay, vielleicht würde ich Hank auch mögen.“

„Als sie in die neue Wohnung kamen, erzählte Tante Eileen Dad und mir, was passiert war. Dann, mit einer Hand an der Hüfte, deutete Tante Eileen mit einem Daumen über die Schulter auf Hank und sagte:

Endlich fällt mir ein Cowboy in den Schoss, und dann ist es zwanzig Jahre zu spät."

Dieses Mal war es Toni, die lauthals lachte.

„Ja." Brooks führte sie um die Ecke von Megs Block. „So haben auch Hank und Tante Eileen reagiert. Dad hat nur verdutzt geschaut und die Augen verdreht, aber die beiden lachten, bis sie weinen mussten. Hank gehört seitdem zur Familie."

„Jetzt weiß ich, dass ich Hank mag. Und ich liebe deine Tante. Sie wäre eine tolle Italienerin."

„Lass meinen Dad besser nicht hören, dass du das gesagt hast." Brooks verlangsamte seinen Schritt. Sie hatten Megs Haus erreicht.

Toni blickte das alte Victorianische Gebäude hinauf. „Es wird wunderschön sein, wenn sie fertig ist."

„Und beliebt. Leute, die hier Urlaub machen wollen, haben im Umkreis von sechzig Meilen keine andere Übernachtungsmöglichkeit."

„Kommen so viele Besucher nach Tuckers Bluff?"

„Du wärst überrascht. Wir wachsen schneller als uns lieb ist."

An der Tür zögerte Toni einen Augenblick und wünschte sich, dass sie ihren Arm nicht wegziehen müsste. Sie hatte die Wärme und das behagliche Gefühl genossen. Als sie nach dem Türknauf griff, hielt sie kurz inne und blickte ihn an. Tiefgrüne Augen, die noch vor Sekunden vor Lachen erstrahlt waren, starrten sie jetzt mir einer Intensität an, die ihr kurz den Atem raubte. Wenn sie ein Teenager auf ihrem ersten Date gewesen wäre, hätte sie sich vorgelehnt und gehofft, dass er ihr einen Gutenachtkuss gab. Aber sie war kein Teenager und das war kein Date und das letzte, was sie gerade in ihrem Leben brauchte war ein weiterer Mann und weitere Verwicklungen.

KAPITEL ELF

Zum Wohle seiner geistigen Gesundheit ging Brooks die Treppe der Veranda hinab und wartete, bis Toni die Tür hinter sich geschlossen hatte. Wenn er dachte, sein wachsendes Interesse an Toni wäre vorher schon verwirrend gewesen, dann gerieten seine Instinkte und Emotionen jetzt fast außer Kontrolle. Er drehte sich um, zog sein Telefon heraus, wählte die Nummer seines Bruders und bog an der Straße nach rechts anstatt nach links ab.

„Hey", drang D.J.s entspannte Stimme durch den Hörer. „Bereit fürs Dessert?"

„Wenn ich etwas über jemanden herausfinden möchte, wie gehe ich da am besten vor?"

„Was meinst du mit *herausfinden*?"

„Nicht das einfache Zeug, das man bei Google findet. Die Sachen, über die in der Presse nie gesprochen wird. Dinge, die ein Mann nicht auf Facebook teilen würde. Alles, was ein Mann streng geheim halten möchte."

Stille. Brooks dachte, dass er vermutlich das Revier erreicht hätte, bis sein Bruder antwortete. Das einzige Geräusch, das er hörte, war D.J.s lautes Atmen.

„Es gibt Möglichkeiten", sagte er schließlich. „Auf legale Weise kann ich dir ohne guten Grund keine Informationen über Leute zukommen lassen. Und," betonte D.J., „die Neugier meines Bruders zählt nicht als guter Grund."

„Du hast Megs Nummernschild für Adam überprüft."

„Weil er sagte, er dachte, das Auto wäre gestohlen. Das nennt sich hinreichender Verdacht."

„Also wenn ich sage, dass ich denke, jemand wäre in illegale Machenschaften verwickelt, würde das als hinreichender Verdacht ausreichen?"

D.J. atmete erneut schwer aus. „Brooks, was ist los?"

„Ich weiß nicht." Er fuhr mit seiner Hand über seinen Nacken und schüttelte den Kopf, auch wenn D.J. das nicht sehen konnte.

Erneut herrschte Stille, als er darauf wartete, dass D.J. antwortete. „Du musst mir etwas Handfesteres geben als das."

Brooks griff nach der Tür des Reviers und öffnete sie. „Esther, die Fahrdienstleiterin, saß an ihrem Schreibtisch in der hinteren Ecke des Büros. „Wenn das keine Überraschung ist. Haben die Kelly-Jungs dein Haus wieder mit Toilettenpapier beworfen?"

Das breite Grinsen der Frau reichte fast aus, um Brooks zum Lächeln zu lassen. „Nein, ich wollte nur meinen kleinen Bruder besuchen. Benimmt er sich?"

„Er", D.J. betrat das Büro, „buchtet dich gleich wegen Beamtenbeleidigung ein, wenn du seine Fahrdienstleiterin weiter nervst."

„Ach nein", winkte Esther ab. „Der Doc ist eine Augenweide. Er darf mich jederzeit nerven. Auch wenn sein Haus nicht verunstaltet wurde."

„Das kann ich nur zurückgeben." Brooks lächelte die Frau an, die schon so lange in diesem Polizeirevier arbeitete, wie er zurückdenken konnte.

D.J. trat beiseite und hielt seinen Bruder die Tür zu seinem Büro auf. Dann folgte er Brooks hinein und schloss sie hinter sich. „Wenn ich nicht auf dem Revier gewesen wäre, wärst du dann bis zu mir nach Hause gegangen?“

„Du bist immer auf dem Revier. Wann war das letzte Mal, dass du zuhause geschlafen hast?“

D.J. zuckte mit den Achseln.

Brooks wusste, dass sein Bruder mehr Zeit auf der Pritsche im Nebenzimmer verbrachte als in seinem eigenen Bett. Der Kerl lebte für seinen Job und an manchen Tagen macht das Brooks Sorgen. An anderen war er einfach froh, dass D.J. kein Beamter in der Großstadt mehr war.

D.J. ging um den alten, abgenutzten Eichenschreibtisch, schüttelte den Kopf und setzte sich. „Worum geht es?“

„Toni.“

„Du willst, dass ich Dreck über Toni ausgrabe?“ D.J.s Augenbraue wanderte neugierig nach oben.

Brooks schüttelte den Kopf. „Ihren Ehemann. Und ich weiß nicht, ob es da Dreck gibt, aber ich will wissen, mit wem ich es zu tun habe, abgesehen von seinem Geld.“

„Mit wem *du* es zu tun hast?“ D.J.s Handflächen landeten auf der abgenutzten Schreibtischplatte und Empörung machte sich auf seinem Gesicht breit. „Brookstone Farraday, was zum Teufel denkst du dir dabei?“

Nicht, was D.J. gerade dachte. „So ist das nicht. Sie ist auf der Flucht.“

Etwas von der Wut in D.J. Augen, weil er gedacht hatte, Brooks würde einer verheirateten Frau nachstellen, flaute ab und sein Gesichtsausdruck wurde nachdenklich. „Meg hat mir gar nichts gesagt, sie wollte –“

„Meg weiß es nicht.“

D.J.s Augenbraue wanderte wieder nach oben. „Aber du schon?“

„Hör zu, das hier ist nicht die Spanische Inquisition. Sie hat lange Zeit unter emotionalem Missbrauch gelitten. Als dieser dann körperlich wurde, ist sie davongerannt."

„Hierher?"

Brooks nickte.

„Hat ihr Ehemann nicht das Land verlassen?"

Brooks nickte erneut.

„Weshalb ist sie jetzt wegrennt." D.J. fuhr mit seinen Fingern über seine Stirn. „Verdammt, ich hoffe, dass das keine Familientradition wird. Ich denke, ich verkrafte keine weitere zukünftige Schwägerin, die vor irgendeinem Verrückten wegrennt und sich in Tuckers Bluff versteckt."

„Wer sagte etwas über zukünftige Schwägerin?"

„Abbie."

„Was?"

„Als ich die Rechnung fürs Abendessen beglichen habe, erwähnte Abbie beiläufig, dass es eine Schande ist, dass du Toni nicht schon früher kennengelernt hast, weil ihr ein schönes Paar abgeben würdet. Ich habe dem nicht wirklich Beachtung geschenkt, aber jetzt, wo du hier sitzt und mit mir über sie sprichst ..."

„Ja?"

„Du hast denselben Blick in den Augen, den auch Adam gehabt hatte. Und wenn es stimmt, was du über ihren Ehemann sagst ..." Er führte seinen Satz nicht zu Ende.

„Jetzt verstehst du es." Ja, Toni war ihm unter die Haut gegangen und ja, er war stinkwütend über das, was sie ihm über ihre Ehe erzählt hatte. Aber ihm war egal, was die Cafébesitzerin dachte, aber er hatte sich in niemanden verliebt. „Also, kannst du helfen?"

„Ich habe noch Kontakte in Dallas, aber alles, was wir bekommen könnten sind oberflächliche Infos. Wie dringend willst du tiefer graben?"

„Erinnerst du dich an das alte Mustang-Cabrio von Mr. Tatum?"

„Das, auf das du sechs Monate gespart hast und wegen dem du uns allen ständig auf die Nerven gegangen bist?"

Brooks neigte das Kinn. „Das hier will ich mehr."

„Okay." D.J. seufzte. „Aber das, an was ich denke, wird vermutlich nicht günstig."

Brooks dachte über die nächsten Anschaffungen nach, die er für das Labor ins Auge gefasst hatte. Dann dachte er darüber nach, was passieren würde, falls Toni sich als schwanger herausstellte, was sie mit ziemlicher Sicherheit war. Dieses Arschloch hatte die Mittel und Verbindungen, ihr, wie in einem schlechten Fernsehfilm, das Kind wegzunehmen. „Das geht in Ordnung."

„Damals in Afghanistan gab es eine Auseinandersetzung wegen eines Gefangenen und eines ziemlich … dubiosen Protokolls."

Brooks wollte nicht wissen, was das bedeutete, aber er hatte das Gefühl, dass es dabei um genau die Art zwielichtiger Tätigkeiten ging, die er gerade benötigte.

„Ich habe mich mit ein paar der SEALs angefreundet, die den Kerl gefangengenommen hatten. Einer von ihnen hat eine Security-Firma in Florida. Der Kerl hat's wirklich drauf. Und er strengt sich besonders an, um Veteranen zu helfen."

„Ich bin kein Veteran."

„Aber ich."

Brooks musste lächeln. Es bestand kein Zweifel, dass seine Brüder ihm bei allem beistehen würden. *Farradays halten zusammen.* Ehre bedeutete einem Farraday alles. Familie sogar noch mehr. Trotzdem, Brooks war nicht derjenige, der in Schwierigkeiten steckte und Toni stand den Farradays eigentlich nicht nahe. Doch wenn etwas für Brooks wichtig war, dann war es auch für seine Brüder wichtig. „Danke. Und jetzt?"

„Sein Name ist Brooklyn."

Er dachte, dass SEALs für gewöhnlich so harte Namen hatten, wie Viper oder Ice.

D.J. scrollte durch sein Handy. „Es geht das Gerücht um, dass er zwischen der Navy und der Gründung seiner Firma für den Geheimdienst gearbeitet hat."

„Für den Geheimdienst?"

„Ja, CIA. Hier ist er. Ich schreibe ihm eine Nachricht und wir schauen, ober er helfen kann."

Brooks nickte und beobachtete die Finger seines Bruders, als er auf dem kleinen Display herumtippte, bevor er das Handy auf den Schreibtisch legte. Kaum eine Sekunde später klingelte es schon und D.J. grinste. Kichernd entsperrte er sein Telefon und stellte den Anruf auf Lautsprecher. „Das war schnell für einen Tintenfisch."

„Irgendwer muss ja auf euch Sandfresser aufpassen." Der leichte New Yorker Akzent verriet Brooks, woher der SEAL seinen Spitznahmen hatte. „Ist schon lange her. Dachte, wenn du um diese Zeit anrufst, dann nicht, um über alte Zeiten zu plaudern."

„Erwischt."

„Was kann ich für dich tun, Dec? Ich schulde dir immer noch was, weil du mir in Fallujah den Arsch gerettet hast."

Davon zu hören, ließ Brooks vermuten, dass bei der Sache mit dem Gefangenen in dem Kriegsgebiet einige Regeln gebrochen worden waren und das ganze Mehr als nur dubios gewesen war.

Während der nächsten paar Minuten brachte D.J. Brooklyn auf den aktuellen Stand über die wenigen Informationen, die er und Brooks über Tonis Mann hatten, zusammen mit einigen allgemeinen Daten aus der Polizeidatenbank.

„Ich sehe es mir an", sagte Brooklyn. „Aber ich denke, die Lady sollte sich dringend einen Anwalt zulegen."

„Das steht schon auf unserer Liste", antwortete D.J. und Brooks fragte sich, was sein Bruder noch alles auf seinen Notizblock gekritzelt hatte.

„Ich muss los. Das Baby schläft nachts immer noch nicht durch und ich bin mit Herumtragen und Windelwechseln dran."

D.J. verkniff sich ein Lächeln. „Bis dann." Der Anruf endete und D.J grinste das dunkle Display an. „Ein Teil von mir kann immer noch nicht glauben, dass dieser Kerl, der aussieht, als wäre er einem Rambo-Film entsprungen, jetzt Mr. Dad spielt. Und ein weiterer denkt, dass dieses Kind ein verdammt glückliches sein wird."

„Klingt nach einem netten Kerl."

„Er ist einer der Guten. Der wirklich Guten. Einer, den man hinter sich haben will, wenn es hässlich wird."

„Kammeraden halten zusammen."

„Mehr als man glaubt." D.J. atmete tief aus. „Also, Sohn Nummer Zwei, sieht so aus, als müsstest du deine Rüstung polieren und auf dein Pferd steigen. Rette dein holdes Fräulein."

Mit einer Tasse heißer Schokolade in jeder Hand nahm Toni ihren Mut zusammen und besuchte Meg in ihrem Büro. „Bereit für eine Pause?"

„Oh, ich hab' dich nicht reinkommen hören." Meg schloss ihren Laptop und schnappte sich eine der Tassen, die von einer großen Sahnehaube gekrönt waren. „Das sieht lecker aus."

„Die Tage scheinen wärmer zu werden, aber nachts ist es immer noch ziemlich kalt."

„Das stimmt." Meg schob mit der Zunge die Sahne zur Seite und blies über den dampfenden Kakao. „Tee für einen langen Tag, Kaffee fürs Lernen, Wein für eine Eins in der Prüfung und heiße Schokolade für *mach dich aufs Schlimmste gefasst*."

„Du hast ein gutes Gedächtnis." Toni schmiegte sich in den alten viktorianischen Nähsessel neben dem großen Schreibtisch. „Der ist überraschend bequem."

„Frauen saßen da stundenlang und stickten."

„Klingt logisch." Die Worte, wie sie anfangen sollte, schwirrten wild in ihrem Kopf herum. „Mit William lief es in letzter Zeit nicht so gut. Eigentlich schon längere Zeit."

„Das dachte ich mir schon." Meg blies wieder über ihr Getränk. „Die ersten Tage hier, hast du mir Sorgen gemacht. Du warst irgendwie nicht du selbst. Ich habe sogar Brooks gebeten, vorbeizukommen und einen Blick auf dich zu werfen."

„Du hast was?"

„Ich weiß", Meg verdrehte die Augen. „Bis er schließlich vorbeikam, hast du bereits fleißig gebacken und warst wieder mehr wie dein altes Ich."

„Ja, ähm, mein altes Ich liegt weit zurück."

Meg stellte ihre Tasse ab und lehnte sich vor. „Wenn euch ein wenig Zeit getrennt voneinander hilft, das wieder zu reparieren, habe ich immer ein freies Zimmer für dich."

„Nein. Das kann nicht repariert werden. Scheidung ist die einzige Antwort." Unterbewusst hob sie ihre Hand und rieb sich über die Wange.

„Oh Gott, nein." Meg starrte Toni in die Augen. „Wie lang geht das schon so?"

„Das Schlagen nicht sehr lange. Die Ehe viel zu

lange.“

„Oh, Toni, das tut mir so leid. Du kannst hierbleiben, solange du willst. Und wenn du einen Job brauchst, bin ich sicher, Abbie –“

„Nein, die erste und einzige Priorität ist deine Hochzeit. Mach dir nur Sorgen über das ganze zukünftige-Braut-Zeug und lass mir meine Sorgen. Mein Problem kann warten. Aber ich denke, ich nehme dein Angebot länger zu bleiben an. Weißt du, es ist vielleicht alles noch komplizierter, als ich zuerst gedacht hatte.“

„Wie kann das noch komplizierter sein? Der Prinz hat sich in einen üblen Frosch verwandelt und du bis aus dem Schloss geflohen.“

Toni schloss die Augen und seufzte. Das sollten eigentlich fantastische Neuigkeiten sein, doch wegen ihrer desaströsen Ehe hatte sie vor den morgigen Ergebnissen schreckliche Angst. „Brooks denkt, dass ich schwanger bin.“

Meg zögerte. „Normalerweise würde ich jetzt vor Freude im Zimmer herumhüpfen, aber deinem Blick nach zu urteilen, wäre das vielleicht nicht das Richtige.“

„Ich weiß nicht, was ich gerade denken soll. Brooks sagte, ich soll nicht nachdenken, und erst einmal abwarten.“

„Brooks sagte?“

„Ja.“

Wortlos blickte Meg ihr in die Augen.

„Nun, er ist der Arzt.“

Meg nickte.

„Und er ist definitiv nicht wie William.“ Sie hatte genug von Männern wie ihm. Diesen Fehler würde sie kein zweites Mal begehen.“

„Das stimmt“, antwortete Meg schnell.

„Ich kann für mich selbst denken.“ Und das solltest

du. Sie war vielleicht etwas aus der Übung, aber trotzdem …

„Ich weiß. Und du hast recht, die ganze Nacht zu grübeln, ändert nichts."

„Genau." Außerdem hatte sie schon einmal geglaubt, einen Märchenprinzen kennengelernt zu haben. Es war ihr egal, ob Brooks nett war, sie würde diesen Fehler nie wieder begehen.

KAPITEL ZWÖLF

Schlaf war diese Nacht für Brooks ein Fremdwort gewesen. Das Einzige, was ihn heute den Tag überstehen lassen würde, war jede Menge starker Kaffee. Als er mit seinem alten SUV auf den Parkplatz des Cafés fuhr, blickte er vom immer noch dunklen Horizont am Rand der Stadt in das beleuchtete Lokal. Abbie huschte herum. Die Frau arbeitet so hart wie jeder Rancharbeiter. Doch zumindest endete der Tag eines Ranchers nach Einbruch der Dunkelheit.

Da eine der Kellnerinnen immer noch Mutterschaftsurlaub hatte, würde Meg jede Minute für ihre Schicht erscheinen. Es macht keinen Sinn, in seinem Auto zu sitzen und über die Unsterblichkeit der Krabbe nachzudenken.

„Schlägst du Wurzeln?" Adam klopfte gegen das geschlossene Fenster.

„Mir war heute Morgen nicht danach, mir heute mein Frühstück selbst zu machen."

„Kann ich dir nicht verübeln. Ich habe heute viel Arbeit auf den Ranches vor mir. Ich muss früh los. Frank ist ein besserer Koch als ich."

„Er ist ein besserer Koch als die meisten Leute. Aber wenn du Tante Eileen erzählst, dass ich das gesagt habe, werde ich dich als Lügner bezichtigen." Die beiden Brüder lachten über den alten Witz. Das war eine der Sachen, ebenso über die Unsterblichkeit der Krabbe nachzudenken, die ihre

Mutter oft erzählte. Indem er ihre Redensarten von Zeit zu Zeit benutzte, fühlte sich Brooks seiner Mutter ein wenig näher. Und da Adam immer mitmachte, vermutete Brooks, dass es ihnen beiden so ging.

„Also ihr zwei seid ja heute früh dran." Abbie hörte auf, Besteck auf den Tischen zu verteilen. „Kaffee ist in ein paar Sekunden fertig. Das Übliche?"

Brooks und Adam nickten. Das Übliche war auf der Karte als Rancher-Frühstück geführt: Eier, Pfannkuchen, Würstchen, Bacon, Maisgrütze und Bratensoße. Jede Menge Kohlenhydrate und Proteine, die einen Rancher bis zum Mittagessen satt machten. Und an Tagen, an denen die Rancher bis zum Abendessen arbeiten mussten, wie zum Beispiel, wenn sie Rinder trieben, konnte Abbies Frühstück verhindern, dass sie einfach aus dem Sattel kippten.

An Adams Lieblingstisch in der Ecke blickte Brooks auf und sah, wie Meg durch die Tür huschte. Ihr Blick landete sofort auf Adam und ihr Gesicht fing an zu strahlen, wie bei einem Kind mit einem neuen Pony.

Brooks hatte hart gearbeitet, um seine Ziele zu erreichen. Im College hatte er seinen Notendurchschnitt hoch gehalten. Als nächstes hatte er seine MCATs und das Medizinstudium mit Bravur bestanden und eine erstklassige Stelle für seine Facharztausbildung bekommen. Und als er schließlich in seine Heimatstadt zurückkehrte, hatte er die alte Schneiderei am Ende der Main Street zu der ersten Arztpraxis umgebaut, die die Stadt seit mehr als hundert Jahren gesehen hatte. Erst in den letzten Monaten, als Meg hier eingetroffen war, kam er auf die Idee, dass er mehr wollte als nur eine wachsende Praxis und eine unabhängige Klinik. Er hatte immer gewusst, dass er eines Tages eine eigene Familie gründen wollte, aber bis Adam sich in Meg verliebt hatte, war er nie auf den Gedanken gekommen, dass er dieses Leben lieber früher als später möchte.

Mit einer Kanne heißen Kaffee in der einen Hand und zwei Tassen an den Fingern der anderen Hand, stoppte Meg an ihrem Tisch. „Toni hat mir gesagt, was los ist."

Adam blickte ein paarmal von Meg zu Brooks, während Meg das heiße Gebräu in die Tassen einschenkte und Brooks schwieg. „Okay", Adam griff nach der heißen Tasse, „ich gebe auf. Was ist los?"

Meg setzte sich neben ihren Verlobten. „Keiner von uns hat das Arschloch wirklich gemocht."

„Arschloch?" Adam zog eine Augenbraue hoch.

„Ihr Freund und dann Ehemann. Oh, versteht mich nicht falsch, William sagte und tat immer das Richtige. Kaufte Toni einen Strauß Blumen und hatte auch immer ein oder zwei Blumen für mich."

„Klingt aufmerksam", murmelte Adam.

Meg warf einen wenig verständnisvollen Blick in seine Richtung. „Sie war schön, klug, ließ ihn besser aussehen, besser sein. Er pries sie so sehr, dass ich mich fragte, ob er einen Madonna-Komplex entwickelt. Aber trotz alledem, war er zu ruhig, zu charmant. Aber wie sagt man einer Freundin, dass sie mit einen Kerl schlussmachen soll, weil er zu nett ist?"

Adam sagte nichts und Brooks fühlte sich verpflichtet, leicht mit den Achseln zu zucken. Sie hatte nicht ganz unrecht. Was hätten sie sagen sollen? Trotzdem wünschte er sich, sie hätten etwas probiert.

„Dann nach den Ferien änderten sich die Dinge. Oh, er brachte immer noch Blumen und Geschenke und sagte nette Sachen, aber es gab immer eine Entschuldigung, warum sie nichts mit dem Rest von uns machen konnten. Immer etwas mit seinen Freunden oder seine Familie und nie war jemand von uns eingeladen."

Brooks wusste, wohin das führte. Dem Frosch im

kochenden Wasser.

„Wir hatten immer noch Kontakt nach dem Abschluss. Ich wurde sogar zur Hochzeit eingeladen. Aber danach wurden die Anrufe weniger und hörten bald auf. Der einzige Grund, aus dem ich wusste, wo sie war, waren die Weihnachtskarten, die ich immer noch jedes Jahr bekam."

„Du hast da klassische Isolationstechniken beschrieben." Brooks wünschte sich, dass er das nicht sagen musste. Wünschte, dass ihm Missbrauch nur aus Lehrbüchern bekannt war. Er wünschte sich auch, dass er sich die einzelnen Erinnerungen, die an die Jahre in einem innerstädtischen Krankenhaus hatte, aussuchen könnte.

„Ich verstehe nicht, warum sie das solange über sich ergehen ließ. Zumindest hat sie diesen Mistkerl endlich verlassen." Meg blickte auf, als ein weiterer Gast hereinkam. „Sie und ich haben stundenlang geredet. Ich wollte sie erdrosseln, weil sie ihn nicht früher verlassen hatte. Bevor dieser Kontrollfreak handgreiflich wurde."

„Ich bin überrascht, dass er nicht früher gewalttätig wurde." Brooks nahm einen Schluck Kaffee.

Ein weiterer Gast kam durch die Tür. Meg stand auf und flüsterte: „Wenn irgendjemand je die Hand gegen mich erhoben hätte, hätte ich seinen Arsch bis in die Steinzeit getreten." Und mit diesen Worten war sie auf dem Weg, um sich um die anderen Gäste zu kümmern.

„Scheinbar hat sie es dir erzählt." Brooks erkannte den Sturm, der sich in den Augen seines Bruders zusammenbraute. Brooks hatte dieselbe frustrierte Wut gespürt, als Toni es ihm gestern Abend erzählt hatte.

„Du weißt besser als jeder andere, dass ich eher Mist fressen würde, als eine Frau zu schlagen."

„Ich weiß." Brooks lächelte. Jeder einzelne von

ihnen war mehr als einmal in Scheiße gefallen. Buchstäblich. Aber Adam hatte recht. Sie würden lieber Kuhfladen fressen, wenn die andere Option wäre, einer Frau etwas anzutun.

„Du scheinst alles zu wissen."

Brooks nickte. „Toni hat mir gestern Abend alles erzählt."

„Ist ziemlich persönlich, das einem Mann zu erzählen, den man kaum kennt, bevor man es einer der ältesten Freundinnen sagt. Denkst du nicht?"

„Doch. Aber sie hatte sich sorgen um Charlotte Thomas gemacht."

„Was?"

„Sie denkt, dass Jake sie auch misshandelt. Und ehrlichgesagt, nachdem ich ihr zugehört hatte, denke ich, dass sie vielleicht recht hat."

„Jake? Der Kerl würde einer verwundeten Fliege helfen. Ich kann nicht glauben –"

„Jake, der Junge, den wir kannten, vielleicht nicht, aber wie gut kennen wir den Mann, der nach Hause gezogen ist?"

Erschrocken lehnte sich Adam zurück. „Ich kann es nicht sagen."

„Ich dachte, ich rede mit Tante Eileen darüber. Die Ladys versuchen schon länger, Charlotte in den Verein zu locken. Vielleicht weiß sie etwas."

„Nein." Adam schüttelte den Kopf. „Wenn Tante Eileen das auch nur vermutet, wird sie Jake mit einer Schrotflinte verfolgen. Das wäre dann der erste Bürger von Tuckers Bluff, der geteert und gefedert aus der Stadt gejagt wird."

Brooks kicherte leise. „Stimmt. Aber trotzdem …"

„Ja. Ich hasse es, die Illusion aufzugeben, dass nichts unsere Welt zerstören kann."

„Ich weiß, was du meinst. Aber wir haben ein größeres Problem."

Adam nickte seinem Bruder zu.

Brooks stellte seine heiße Tasse auf den Tisch. „Wenn wir nur Vermutungen haben, wie zum Teufel halten wir ihn dann auf?"

Angesichts der Tatsache, wie aufgewühlt sie sich fühlte, nachdem sie Meg alles erzählt hatte, wusste Toni nicht, warum sie wie ein Baby geschlafen hatte. Baby. Unterbewusst fiel ihre Hand auf ihren Bauch. Was würde sie tun, wenn Brooks' Vermutung richtig war?

Sie legte gerade ihre Handtasche in die unterste Schublade des Aktenschranks, als sie Brooks den kurzen Gang zu seinem Büro entlangkommen sah. Wieso fühlte sie sich, als würde sie gleich einem Erschießungskommando gegenübertreten? Brooks war nicht der Feind und sicherlich kein Scharfrichter. „Morgen."

„Morgen. Gut geschlafen?"

„Überraschenderweise ja."

Einer seiner Mundwinkel zuckte nach oben, bevor er ganz lächelte. Zu blöd, sie hätte gerne die Beruhigung gespürt, die eines dieser einnehmenden Lächeln in ihr auslöste.

„Wenn du mit in mein Büro kommst, dann fangen wir an."

„Dein Büro?" Sie hoffte inständig, dass er sie nicht untersuchen würde, denn, Arzt oder nicht, sie würde sich nicht vor ihm ausziehen.

„Ich hätte gerne noch weitere Informationen von dir und dann gebe ich dir einen Becher, in den du bitte pinkelst. Es wird nur ein paar Minuten dauern, bis wir das Ergebnis haben. Die Blutuntersuchung wird die endgültige Bestätigung bringen, aber das hier ist selten falsch-positiv."

„Oh. Ja, gut." Händeringend dachte sie ernsthaft darüber nach, umzudrehen und schnurstracks zur Tür hinauszulaufen und erst zu stoppen, wenn sie …, wenn sie was eigentlich erreichte? Eine Träne sammelte sich in ihren Augen und rann über ihre Wange.

„Hey." Brooks ging zu ihr. „Alles wird gut. Ich verspreche es."

Mit dem Daumen strich er über ihre Wange und wischte die dumme Träne weg. Dieselbe Wange, die einst wegen Williams Faust geschmerzt hatte, errötete jetzt wegen Brooks' zarter Berührung. „Ich weiß nicht, warum ich weine."

Dieses Mal verbarg Brooks sein verständnisvolles Lächeln nicht. „Ich denke, ich weiß es. Komm, bringen wir das hinter uns."

Zwanzig lange Minuten später saß Toni regungslos wie ein Stein da und wartete darauf, dass Brooks an seinen Schreibtisch zurückkam. Sie hatte gehofft, sie würde sein Gesicht lesen können, doch der Kerl musste länger als sie gedacht hatte, eine neutrale patientennahe Art praktiziert haben. „Also?", fragte sie. Anstatt sich hinter seinen Schreibtisch zu setzen, ließ er sich auf dem Besucherplatz neben ihr nieder und sie wusste es. „Ich bin schwanger."

„Ja." Er bewegte sich nicht. Eine Sekunde lang fiel sein Blick auf ihre Hände, die ein einzelnes Taschentuch erwürgten, bevor er ihr in die Augen sah. „Hast du dir schon irgendwelche Gedanken gemacht, was jetzt passieren soll?"

Ihr Kopf wackelte mit eigenem Willen vor und zurück. Sie hatte sich Gedanken gemacht, nur wusste sie nicht, was für Gedanken.

„Als erstes werde ich dir ein paar Vitamine verschreiben. Du wirst viele extra Nährstoffe brauchen, aber ich will nicht, dass du dich dabei nur auf die Tabletten verlässt. Ich will, dass du viel Eiweiß und grünes Gemüse in deine Ernährung einbaust."

Toni nickte. Nicht, dass sie dem folgte, was er sagte, es schien ihr nur gerade das Richtige zu sein.

„Das nächste, über das du nachdenken solltest, ist, einen Anwalt anzurufen."

Richtig. Anwalt. William. Tränen drangen ihr erneut in die Augen, nicht eine, sondern viele. Beide Augen liefen über und die Tränen rannen über ihre Wangen hinab. „Es tut mir leid."

Er näherte sich langsam und zog sie an seine Schulter. „Du musst dich nicht entschuldigen. Das sind die Hormone. Du wirst vermutlich auch weinen, wenn Abbie dir sagt, dass das Café keinen Schokokuchen mehr hat."

Das ließ sie lachen *und* weinen. „Wirklich?" Sie benutzte ihr zerfetztes Taschentuch, um sich die Tränen wegzuwischen.

„Wirklich. Aber das wird es wert sein. Du wirst sehen."

Seine Worte bedeuteten ihr mehr, als sie sich hätte vorstellen können. Oder vielleicht waren das auch die Hormone. Aber so sehr sie auch weinte, gerade war ihr nach lächeln. Wirklich lächeln. Ein Lächeln wie ein Banana-Split mit Nüssen und Sahne und extra Kirschen. Noch ein letztes Mal über ihre Tränen wischend löste sie sich aus der halben Umarmung und gestattete dem Grinsen, sich auf ihrem Gesicht aus-zubreiten. „Wir bekommen ein Baby."

Brooks Lächeln entgleiste. Und sie hörte ihre eigenen Worte in ihrem Kopf widerhallen.

Guter Gott, was hatte sie getan?

KAPITEL DREIZEHN

„Wir bekommen ein Baby", hallte es in seinen Ohren wieder. Er hatte viele werdende Mütter gesehen, die überglücklich über die Neuigkeit waren und auch viele, die alles andere als begeistert waren. Aber diese Worte, von dieser Frau schnitten wie ein Skalpell in ihn.

„Es tut mir leid. Ich denke ich meine, ich bekomme." Ihre Finger klammerten sich an das fast zerfetzte Taschentuch.

Einige Männer waren solche Arschlöcher. Gesegnet mit netten, klugen, schönen und liebenden Frauen und sie erhoben die Hand gegen sie. Und jetzt, ein Kind. Brooks verdrängte die Erinnerungen an seine Zeit in Dallas und die zerrütteten Kinder, die in der Obhut von Sozialarbeitern weinten, als sie ihren misshandelnden Eltern weggenommen wurden. Das waren die glücklichen. Die, die das System fand, bevor es zu spät war. „Bist du im Stande, heute zu arbeiten?"

Toni nickte und richtete ihre Schultern auf. „Legen wir los."

Sein erster Patient würde jede Minute eintreffen. Ein ganzer Morgen voller einfacher Termine und ein ruhiger Nachmittag. Die Leute im Ranch-Land standen früh auf. Die Besuche in der Stadt, um Geschäftliches und Termine zu erledigen, fingen ebenfalls früh an. Die nächsten paar Stunden bestand die Unterhaltung zwischen ihm und Toni nur aus Akten, Rezepten,

Computerfragen und noch mehr Akten und einem gelegentlichen Snack und einem Kaffee für Brooks. Obwohl sie die werdende Mutter war, war er derjenige, um den sich gekümmert wurde.

„Deine Tante hat das vorbeigebracht, während du bei deinem letzten Patienten warst. Ich dachte, vielleicht möchtest du noch eine frische Tasse dazu." Toni stellte ihm den berühmten Streuselkuchen seiner Tante und eine Tasse dampfenden Kaffee auf den Tisch.

„Und du?"

Ein riesiges Grinsen breitete sich auf ihrem Gesicht aus. „Ich hatte das größere Stück." Und bevor er etwas sagen konnte, schloss sie die Tür hinter sich. Er war sich bereits jetzt sicher, dass Toni eine der Frauen war, die sich schnell damit anfreunden würden, für zwei zu essen. Nachdem er sich das letzte Stück in den Mund geschoben hatte, machte er sich eine mentale Notiz, dass er heute Abend bei Brooklyn anrufen sollte. Er wusste zwar noch nicht wie, aber er war sich sicher, dass er dabei helfen würde, dass dieser Bastard von Ehemann nie mehr die Hand gegen Toni oder das Kind erheben würde.

„Entschuldigung." Toni klopfte an der Tür und steckte ihren Kopf ins Büro. „Mrs. Thomas ist hier."

„Adelaide?" Er drehte sich um und blickte auf den Terminplan.

„Nein. Charlotte. Und sie hat keinen Termin, aber wenn du sie dazwischen schieben willst, kann ich den nächsten Patienten etwas vertrösten, wenn er kommt."

Der nächste Patient würde wegen einer Nachuntersuchung kommen, um zu sehen, wie seine neuen Blutdruckmedikamente wirkten. Da sie wusste, wie gerne der freundliche Farmer plauderte, plante Nora immer ein paar Minuten mehr ein. Wenn Brooks das Gespräch kürzer halten würde, könnte er Charlotte

Thomas unterbringen. „Hat sie gesagt, weswegen sie da ist?"

Toni schüttelte den Kopf. „Aber ihr linker Arm ist bandagiert. Und sie trägt einen langen Pulli an einem schönen Tag."

Verdammt. Nun, es sah so aus, als würde er jetzt herausfinden, ob Toni mit Jake Jr. und seiner Frau recht hatte. Auch wenn ihm sein Bauch sagte, dass ihm die Antwort nicht gefallen würde, betete er trotzdem, dass Toni sich geirrt hatte. „Bring sie rein."

Brooks stand auf, zog seinen Laborkittel aus und hängte ihn an den Kleiderständer hinter seinem Schreibtisch. Etwas sagte ihm, dass ein zwangloseres Auftreten angebracht wäre, wenn dies so ablaufen sollte, wie er befürchtete.

„Bitte sehr." Toni stand an der Tür und gab Brooks eine Akte, dann winkte sie Charlotte hinein.

„Danke, dass ich ohne Termin drankomme", sagte die sanfte Stimme.

„Kein Problem. Bei uns ist es nicht so streng." Er blickte auf ihr Handgelenk und die vorsichtige Art, wie sie es hielt. *Verdammt.* „Setz dich, und sag mir, wie ich dir helfen kann."

Ihr Blick wanderte zum Stuhl und wieder zurück. Einen Sekundenbruchteil lang dachte Brooks, sie würde es sich anders überlegen und davonlaufen, doch er konnte aufatmen, da sie einen Schritt vorwärts machte.

„Ich, ähm, ich denke, ich habe mir das Handgelenk verletzt. Ich meine. Ich weiß, dass ich es mir verletzt habe. Ich, ähm, bin gestürzt. Gestern." Sie lächelte unterwürfig. „Im Futterladen sind so viele Sachen, über die man stolpern kann."

„Verstehe." Brooks öffnete die Akte mit dem Formular, das Charlotte ausgefüllt hatte. „Keine Allergien auf irgendwelche Medikamente?"

Sie schüttelte den Kopf.

„Ich sehe keine Medikation aufgelistet." Er blickte sie über den Rand der Akte an.

„Nur gelegentlich Ibuprofen."

„Nimmst du es gerade fürs Handgelenk?"

Sie biss sich leicht auf die Unterlippe und nickte.

„Okay", er erhob sich, „Lass uns ins Behandlungszimmer gehen und einen Blick darauf werfen." Einer der Vorteile eines Landarztes war es, Zeit zu haben, sich mit den Patienten außerhalb eines sterilen Behandlungszimmers unterhalten zu können. Er ging durch die Tür und bat sie hinein. „Setzt dich hier drauf."

Charlotte blickte auf die Behandlungsliege, stieg auf den Hocker, drehte sich um und setzte sich vorsichtig hin, wobei sie ihren Arm an ihre Rippen drückte.

Die Anstrengung, ihrem Schmerz zu verbergen, war ihm nicht entgangen. *Scheiße.* Er steckte eine Einwegkappe auf das Thermometer, platzierte das Gerät an ihrem Ohr und wartete auf das Piepsen. „Gut."

Ihr Blick folgte seinen Bewegungen als er das Thermometer beiseite legte und nach einer Blutdruckmanschette griff. „Gut. Schieb deinen Ärmel etwas weiter nach oben und wir messen deinen Blutdruck." Der Art zufolge, wie ihre Augen sich weiteten, würde jeder denken, er hätte sie gebeten nackt die Main Street entlang zu laufen.

„Mein Blutdruck ist in Ordnung. Immer niedrig. Es ist nur mein Handgelenk." Ihre Augen wanderten zur Tür. „Ich hätte nicht kommen sollen. Jake … Ich hätte nicht kommen sollen", murmelte sie.

Er würde nicht zulassen, dass sie jetzt davonrannte. Er setzte sein bestes beruhigendes Lächeln auf und senkte die Stimme, als würde er mit einem nervösen Fohlen auf der Ranch reden. „Kein Problem. Ich werde die Bandage abnehmen und mal schauen, was wir da haben."

Die Augen, in denen immer noch ein Hauch Panik gemischt mit Angst zu erkennen war, blinzelten. Zögerlich nickte sie und zuckte bei jeder Bewegung während er ihren Ellbogen hielt, ihre Hand hob und den Verband abnahm. Egal wie sanft und vorsichtig er war, jeder Atemzug schien ihr Schmerzen zu bereiten. *Verdammt.*

Als er schließlich ihr entblößtes Handgelenk hielt, hatte Brooks keine Zweifel, dass es gebrochen war. „Wir brauchen eine Röntgenaufnahme."

Erneut weiteten sich ihre Augen und sie presste ihre Lippen fest zusammen. „Wie viel wird das kosten?"

„Mach dir deswegen keine Sorgen. Du bezahlst später, wenn du kannst."

Das schien ihr zu denken zu geben. Sie knabberte immer noch auf ihrer Unterlippe, doch nickte und stieg von der Liege. Normalerweise würde Nora bei der Röntgenaufnahme helfen, aber Toni kannte sich damit nicht aus und außerdem sollte sie das in ihrem Zustand sowieso nicht tun.

Nachdem sie sich gesetzt hatte, platzierte er ihren Arm, wo er ihn brauchte. „Das wird etwas wehtun, aber du musst deinen Arm so halten, während ich die Aufnahme mache."

Den Arm flach ausgestreckt und leicht gedreht, biss sie die Zähne zusammen und wartete, bis er ihr das Okay gab, eine nicht so schmerzvolle Position einzunehmen.

Danach ließ Brooks Charlotte in seinem Büro warten, während er zwischen dem gesprächigen Farmer und dem Entwickeln der Röntgenaufnahme hin und her flitzte. Bis das Bild fertig war, hatte er sich um den Farmer und einen weiteren Patienten gekümmert. Als er in sein Büro zurückkehrte, wirkte Charlotte so nervös, wie eine Katze in einem Zimmer voller Schaukelstühle. Brooks musste einen Weg finden, wie er sie dazu bewegen konnte, ihm die Wahrheit zu sagen.

„Nun. Du hattest recht." Er setzte sich hinter seinen Schreibtisch. „Du hast eine Spiralfraktur."

Charlotte nickte.

„Die Bruchkante sieht sehr glatt aus. Meine Empfehlung ist, das Handgelenk ruhigzustellen. Du brauchst einen Eingriff, um es zu reponieren und ein Orthopäde sollte sich ansehen, ob du Metallstifte brauchst. Ich empfehle –"

„Nein." Charlotte schüttelte den Kopf. „Ich kann nicht weg. Ich … ich möchte einfach, dass du es eingipst, bitte. Ich werde aufpassen. Ich verspreche es. Es wird verheilen."

„Es wäre das Beste –"

„Nein."

„Charlotte, ich weiß, dass du so eine Fraktur nicht von einem Sturz bekommst. Damit dein Handgelenk in diesem Winkel bricht, muss jemand deinen Arm gepackt und umgedreht haben. Sehr stark."

„Er wollte es nicht", flüsterte sie.

„Charlotte –"

„Bitte nicht. Bitte."

Ihre flehenden Augen blickten ihn mit solcher Intensität, solchem Vertrauen an, dass er sie nicht weiter drängen konnte. Aber was bedeutete das für ihn? Er konnte sie nicht zurück nach Hause lassen. Aber wie könnte er sie aufhalten? Und was war mit Toni? Könnte er den beiden wirklich helfen?

Mrs. Thomas dazwischenzuschieben hatte Toni dazu veranlasst, die Termine der übrigen Patienten zu verschieben und ohne medizinische Ausbildung zu helfen, wo sie konnte. Brooks hatte nicht viel gesagt, doch sein ernster Gesichtsausdruck sagte alles darüber, wie er sich fühlte.

„Wie läuft der Tag?" D.J. kam herein, nahm seinen Hut ab und klopfte ihn gegen seinen Oberschenkel.

„Viel zu tun. Deiner?"

„Nicht viel los." Sein Blick wanderte zu dem kleinen Gang und zurück. „Ist Brooks immer noch bei Charlotte Thomas?"

Toni nickte. „Hat er dich angerufen?"

Dieses Mal nickte D.J. und schwieg. Die Haare an ihrem Arm stellten sich auf. Sie hatte recht gehabt. Sie hatte gehofft, dass sie sich irren würde, doch das hatte sie nicht. Charlotte Thomas war ein Missbrauchsopfer. Das war die einzige Erklärung, warum Brooks seinen Bruder, den Polizeichef, angerufen hatte. Sein düsterer Gesichtsausdruck spiegelte den seines Bruders wider. Ein großer Teil von Tonis früherem Ich wollte wieder in das Behandlungszimmer laufen, wo Brooks sich um den Arm der verängstigten Frau kümmerte und er ihr versicherte, dass alles gut werden würde. Aber die Frau, die Toni geworden war, war sich über nichts mehr sicher.

Das laute Geräusch von Brooks Schritten erfüllte den kleinen Wartebereich. Nicht das normale Klacken seiner Stiefel auf dem Linoleum, sondern das ganze Gewicht der Wut und der Frustration, die gerade in ihm kochen mussten. Zwei Tage hatte sie seinen Umgang mit seinen Patienten beobachtet, sein Mitgefühl, seinen Humor, seine Verbundenheit. Der perfekte Landarzt. Gutaussehend und klug, charmant und führsorglich, fast zu gut, um wahr zu sein.

„Ich habe die Röntgenaufnahmen." Mit einem

großen Umschlag in der Hand blieb Brooks vor seinem Bruder stehen.

„Du weißt, dass das nicht reicht. Sie muss eine Anzeige machen."

Brooks schüttelte den Kopf. „Ich weiß nicht, ob ich ihre Loyalität und Hingabe gegenüber ihrem Ehemann bewundern soll, oder ob ich sie wegen Verdacht auf Wahnstörungen an einen Psychiater überweisen soll."

„Ich kann es versuchen, aber …" D.J. sprach den Satz nicht zu Ende. Sie alle wussten, dass Worte auch keinen Einfluss haben würden, wenn schon blaue Flecke und gebrochene Knochen nicht genug waren, damit sie ihre Meinung änderte.

„Ich weiß." Brooks warf die Röntgenaufnahmen auf den Tresen.

D.J. ging an seinem Bruder vorbei und gab ihm einen Klaps auf die Schulter.

Wie auch Brooks blickte Toni weiter in Richtung der Tür zum Behandlungszimmer, bis D.J. darin verschwunden war. „Ich vermute, sie wird zu ihm zurückgehen?"

„Ja." Das einsilbige Wort triefte vor Frustration. „Sie sagt, es war ein Unfall. Dass es nicht das ist, was ich denke. Sie besteht sogar darauf, dass Jake ein guter Mann, ein guter Ehemann ist." Brooks drehte sich zu ihr um. „Sag mir etwas. Wenn jemand dich vor einem Jahr gefragt hätte, ob dein Mann dich verletzt, was hättest du gesagt?"

„Ich hätte es abgestritten." Die Worte kamen schneller und leichter aus ihr heraus, als es ihr gefiel. Aber sie wusste, dass sie wahr waren. „Ich denke, ich hätte die Wahrheit nicht gesehen. Es passierte alles so langsam, so stufenweise, wie –"

„Wie bei einem Frosch in kochendem Wasser", beendete er ihren Satz.

Sie nickte. „Ich hasse es, daran zu denken, wie es

wäre, hätte ich noch länger so getan, als wäre unser Eheleben ein Märchen."

„So etwas wird nur schlimmer."

Einen Sekundenbruchteil war sich Toni nicht sicher, ob er über Charlotte oder über sie sprach. Sie konnte ihm nicht verübeln, zu denken, dass sie vielleicht ihre Meinung ändern und zu William zurückgehen würde. Besonders jetzt, wo sie nicht viel Geld hatte und ein Baby auf dem Weg war. Wenn sie Charlotte sah, war es einfach für Toni in ihr die Hilflosigkeit zu erkennen, die auch sie vor kurzem verspürt hatte. Aber egal, was irgendjemand vielleicht denken könnte, sie würde nie wieder zu ihm zurückgehen. Darüber war sie sich jetzt sicherer als je zuvor. Sie musste William aus ihrem Leben streichen, komme was wolle.

KAPITEL VIERZEHN

„Hast du die restlichen Termine für heute ab-gesagt?" Brooks blickte auf den alten ramponierten Truck, der gerade auf die Straße bog. D.J. hatte ihm versichert, dass er mit Jake reden würden, aber vorerst gab es nichts, was sie tun konnten. Die örtliche Betäubung, die Brooks benutzt hatte, um die Fraktur zu reponieren, hatte praktisch keinen Einfluss auf Charlottes Fahrtauglichkeit, doch D.J. hatte darauf bestanden, sie nach Hause zu bringen. Ohne Zweifel, um ein kleines Komm-zur-Besinnung-Gespräch mit Jake zu führen. Officer Reed würde ihn später zu seinem Wagen zurückbringen. „Ja. Dein Vier-Uhr-Termin war nicht glücklich darüber, aber ihre Stimmung wurde besser als ich sagte, dass du Morgen auf dem Weg zur Ranch bei ihr vorbeifahren würdest."

„Danke."

Das peinliche Schweigen wurde vom gedämpften Klingeln ihres Handy unterbrochen. Toni holte es aus ihrer Tasche und blickte stirnrunzelnd auf den Bildschirm.

„Wer ist es?"

„Unbekannte Nummer." Toni entsperrte das Telefon und hielt es an ihr Ohr. „Hallo?"

„Was zum Teufel denkst du, dass du da machst?" Selbst ohne Freisprechfunktion konnte Brooks den Mann am anderen Ende deutlich verstehen. Den unzufriedenen Mann. „Niemand kommt damit davon, sich von mir scheiden zu lassen."

Toni verkrampfte und Brooks kam näher. Normalerweise wäre er bei einer offensichtlich privaten Unterhaltung in sein Büro verschwunden und hätte dem Paar erlaubt, ihre Differenzen beizulegen. Doch das hier war nicht normal. Hierbei ging es um Toni und ihr Arschgesicht von zukünftigem Ex-Mann.

„Deine Mutter würde einen Herzinfarkt bekommen. Willst du der Grund sein, wenn deine Mutter stirbt?"

„Ich denke nicht –"

„Genau das ist es. Du denkst nicht. Ich übernehme das Denken in dieser Familie. Ich habe schon genug Kopfschmerzen wegen dieser Idioten bei diesem Projekt. Du rufst sofort deinen Anwalt an und sagst ihm, dass das alles ein Fehler war."

Toni klammerte sich fester an ihr Handy, ihre Wangen wurden blass und sie wackelte.

„Wenn du das nicht tust, werde ich dafür sorgen, dass er nie wieder in Massachusetts als Anwalt praktizieren wird. Willst du sein Leben auch ruinieren?"

Toni schloss die Augen und strengte sich an, den Mund zu öffnen, doch dieses Arschgesicht gab ihr keine Chance.

„Du gehst besser zu deinem Anwalt und feuerst ihn, bevor ich das tue." Murmelnde Geräusche waren im Hintergrund zu hören. Worte, die Brooks nicht verstehen konnte. „Verdammt. Ich muss weg. Und Toni?"

Politische Korrektheit hin oder her. Brooks schmiegte sich nahe genug an sie, um ihren stockenden Atem zu hören, und legte seine Hände auf ihre Schultern. Das leichte Zittern unter seinen Fingern brachte ihn dazu, mit den Zähnen zu knirschen.

„Ja" antwortete sie leise, während sich Tränen in

ihren Augen bildeten.

„Vermassle das nicht, so wie du alles vermasselst." Mit dieser bösen Bemerkung brach die Verbindung ab und Toni ließ ihr Handy wie ein heißes Bügeleisen fallen.

Ohne nachzudenken, drehte Brooks sie in seine Arme und küsste sie wie ein verletztes Kind sanft auf den Kopf. „Alles wird gut. Ich verspreche dir, der ganze Farraday-Clan wird dir beistehen."

Toni vergrub ihren Kopf in seine Schulter und murmelte in sein Hemd. „Ich kenn den ganzen Clan nicht einmal."

„Das ist egal. Wenn es für mich wichtig ist, dann auch für jeden in der Familie."

Toni wich zurück, sie neigte den Kopf zurück und sah mit feuchten Augen zu ihm hinauf. „Und bin ich dir wichtig?"

So viele Emotionen wirbelten in der Tiefe dieser dunkelblauen Gewässer umher, die ihn anblickten. Derselbe Strom aus Emotionen, der seinen gesunden Menschenverstand davon spülte, prasselte über ihm herein. Er hob seine Finger und fuhr durch die blonden Locken an ihrem Hinterkopf. Sie festhaltend, senkte er sein Gesicht zu ihrem hinab, während sie sich tief in die Augen blickten. „Sehr wichtig", flüsterte er eine Sekunde, bevor seine Lippen sich auf ihre legten.

Brooks Mund auf ihrem zu spüren war wie ein Sprung in den frischen Atlantik an einem Tag im Frühsommer. Das angenehme Gefühl, das durch das Nervensystem schoss und zusammen mit dem Sonnenschein und dem warmen Sand alle Glückshormone aktivierte. Eine einfache Berührung seiner Lippen war all das und noch mehr.

Zart, süß, weich, umsorgend und … falsch. „Nein“, murmelte sie, nicht völlig sicher, ob sie ihn zum Aufhören bringen wollte. Oder ob sie sich davon abhalten wollte, ihn zu stoppen.

Nicht dass es etwas ausmachte. Er erstarrte sofort und verkrampfte und seine Hände fielen von ihr ab. Es dauerte einen weiteren, sehr langen Augenblick, bis er einen Schritt zurückmachte. „Es tut mir leid.“

Sie fand keine Worte, um darauf zu antworten. Das Einzige, was in ihrem vernebelten Kopf herumschwirrte war *Mir nicht* und das wäre völlig unpassend. Oder? „Ich …“

Er machte einen weiteren Schritt zurück und fuhr mit den Händen seitlich über seine Beine. „Meine Tante Eileen würde mir eine Ohrfeige geben, wenn sie das gesehen hätte.“

„Gut, dass sie nicht hier ist.“ Ihr gefiel die peinliche Stimmung nicht, die zwischen ihnen herrschte. Es sollte so sein, wie die letzten Tage. Normale Unterhaltungen zwischen neuen Freunden. Doch ein anderer Teil von ihr wollte, dass er wieder zu ihr kam und sie noch einmal küsste. Und noch einmal. Oh Gott, was passierte gerade? Sie konnte sich nicht eines Mannes entledigen und direkt einem neuen in die Arme laufen. Besonders einem Mann, der zu gut wirkte, um wahr zu sein. „Sind wir für heute fertig?“

Er nickte.

„Ich denke, ich werde nach Hause. Meg sollte schon daheim sein.“

„Ich kann dich fahren.“

„Nein. Ich kann die frische Luft gebrauchen.“

Brooks machte noch einen Schritt zurück. „Das ist vielleicht nicht gerade der beste Zeitpunkt, um das zu erwähnen, aber hast du heute mit einem Anwalt gesprochen?“

„Kurz. Er sagte mir, dass er erfolgreich arrangiert hat, dass ihm die Dokumente über das Konsulat, wo William ist, zugestellt werden." Sie ging um den Empfangstresen und griff nach ihrer Tasche. „Ich denke, wir wissen, dass er sie bekommen hat."

„Hat der Anwalt gesagt, was als nächstes geschieht?"

„Dasselbe, wie bei jeder anderen Scheidung. Es hängt davon ab, was William tut, aber ich verwette meinen letzten Cent, dass er als nächstes sein Anwaltsteam anrufen wird."

„Vielleicht sollten wir D.J. sagen, was los ist. Er will vielleicht, dass seine Beamten die Augen nach William oder seinen Lakaien offenhalten."

„William hat keine Lakaien."

„Das hatte Meg vermutlich auch gedacht."

„Was?"

„Meg hatte nie daran gedacht, dass ihr betrügerischer, diebischer Ex sie bis hier in die Stadt verfolgen würde."

„Ach, das." Toni steckte ihr Telefon in die Tasche und hängte sie sich um. „Ich denke, wir sind beide lausige Menschenkenner."

„Nicht mehr."

„Nein. Meg vielleicht nicht mehr. Ich denke, wir sehen uns morgen."

„Toni."

Sie drehte sich noch einmal zu ihm um.

„Wir sind nicht alle Arschlöcher."

„Nein. Vielleicht nicht." Mit einem Lächeln und einem nicken drehte sie sich um und ging zur Tür hinaus. Sie war noch nicht einmal zwei Häuser weiter, als sie im Schaufenster des Geschäfts der Schwestern hübsche weiß-blaue Babyausstattung entdeckte.

Sie trat ein und die altmodische Glocke über der Tür klingelte. Eine schlanke, große Frau mit rotblonden

Haaren kam hinter einem Blumenvorhang hervor. Nur ein paar Sekunden später folgte ihr eine kleine, mollige Frau mit einer platinblonden Hochsteckfrisur.

„Oh, hallo. Du musst Megs Freundin sein", sagte die größere. „Ich bin Sissy. Das ist Sister. Wie können wir dir helfen?"

Sissy und Sister? Nun, der Laden *hieß* Sisters. „Ich schaue mich nur um. Ich habe die Babykleidung im Schaufenster gesehen."

„Oh." Die kleinere Frau rieb sich die Hände. „Wir lieben Babys. Nicht wahr, Sissy?"

„Das stimmt, Sister. Ist Meg schwanger?"

Toni erkannte das Funkeln in den Augen der rothaarigen. Es ähnelte stark dem ihrer Tante Celeste, wenn sie erwartete, den neuesten Klatsch zu erfahren. „Nein. Ich denke, dass Babys noch nicht geplant sind, solange das Bed-and-Breakfast noch nicht fertig ist."

„Sie leistet so tolle Arbeit an dem Haus", warf Sister ein.

„Unsere Babyabteilung findest du dort drüben." Sissy führte sie in die hintere linke Ecke. Das Geschäft war viel größer, als es von außen wirkte. Toni blickte sich zwischen den Regalen um. Das hier war eher ein Gemischtwarenladen als eine Boutique. Diese Vorstellung gefiel ihr. Und Sister und Sissy waren ihr sehr sympathisch. Wenn sie so nachdachte, dann mochte sie alle Leute, die sie hier kennengelernt hatte, außer Jake Thomas. Tuckers Bluff war wie Andy Griffith' Mayberry, und wer mochte Mayberry nicht?

Instinktiv fiel ihre Hand auf ihren Bauch. Es könnte schlechtere Orte geben, um ein Kind aufzuziehen.

KAPITEL FÜNFZEHN

Brooks blickte immer noch zum Geschäft der Schwestern auf der anderen Seite der Straße. Sobald Toni gegangen war, hatte er sich am Fenster platziert. Das absurde Verlangen, ihr zu folgen und sie zu beschützen, brachte ihn dazu, sie weiter zu beobachten. Schon vor dem Anruf ihres Ehemanns wusste Brooks, dass er den Mann nicht leiden konnte, doch ihn zu hören, machte das ganze persönlich. Wenn er nur daran dachte, dass er Hand an Toni legen könne, lief ihm ein kalter Schauer über den Rücken.

In seiner Tasche klingelte sein Handy. Vorwahl von Miami. „Hallo.“

„Hey, hier ist Brooklyn.“

„Ja. Danke. Ich kann dir nicht sagen, wie dankbar ich für deine Hilfe bin.“

„Kein Problem. Ich schulde Declan viel mehr als nur einen Background-Check.“

Immer wenn über das Leben beim Militär gesprochen wurde, hatte der ehemalige Marine Declan James Farraday die Gefahren heruntergespielt. Brooks war nicht überrascht, dass er das wegen ihrer Tante gemacht hatte, doch er hätte erwartet, dass D.J. seinen Brüdern gegenüber offener wäre. Andererseits gab es Dinge, die ein Mann lieber für sich behielt. Krieg gehörte definitiv dazu. „Irgendetwas Interessantes gefunden?“

„Hängt davon ab, was du als interessant

bezeichnest. Soviel ich weiß, hinterzieht er keine Steuern, aber angesichts der Menge Geld, auf der der Kerl sitzt, bin ich sicher, dass ich etwas Staub aufwühlen würde, sollte ich tiefer graben."

„Okay. Bei allem, was den Kerl hinter Gitter bringt, bin ich dabei. Was noch?"

„Mr. Bennett scheint ein Aggressionsproblem zu haben."

Natürlich.

„Eines, das seiner Geliebten nicht gefallen hat."

„Seiner was?"

„Du hast richtig gehört. Vor drei Jahren hat er der Freundin, Nancy Cameron, eine schicke Bude im selben Gebäude besorgt, in dem er mit seiner Frau wohnt."

„Dieser ..."

„Und hier kommt die Krönung. Die Geliebte hat eine einstweilige Verfügung gegen ihn erwirkt."

„Wirklich?" Das war interessant.

„Sieht so aus, als wäre er öfter ein wenig zu grob geworden."

„Ein wenig?"

„Sie war eine Woche im Krankenhaus."

„Scheiße." Nie im Leben würde er diesen Mann wieder in Tonis Nähe lassen, oder in die des Babys.

„Das Interessante ist, dass der Zeitpunkt in etwa mit dem zusammenfällt, als Mr. Wonderful auch bei Toni handgreiflich geworden ist."

„Irgendeine Idee, warum der fremdgehende Bastard ausgerastet ist?"

„Daran arbeite ich noch. Aber wir beide wissen, dass sich Männer nicht ändern. Sie werden nur schlimmer. Je eher wir den Kerl aus ihrem Leben verbannen, umso besser. In der Zwischenzeit werden wir weiter nachforschen. Dieser Kerl hat Dreck am Stecken. Wenn es noch etwas zu finden gibt, werden wir es finden. Das verspreche ich dir. Und übrigens, sag Toni, dass wir eine schöne dicke Akte haben, falls sie sie für die Scheidung braucht."

„Danke. Halt mich auf dem Laufenden."

„Werde ich."

So viele Dinge auf dieser Welt würden nie für ihn Sinn ergeben. Männer wie Jake Thomas und Tonis Ehemann standen ganz oben auf der Liste.

Gerade als sein Magen knurrte, kam Toni mit einer kleinen Einkaufstasche aus dem Geschäft der Schwestern. Wenn er sich beeilte, könnte er sie noch erwischen. Er würde ihr bei einem Essen erzählen, was er herausgefunden hatte. Laut seiner Tante, waren schlechte Nachrichten bei einem guten Essen und einem dekadenten Dessert einfacher zu verdauen. Und er kannte einen Ort, der beides servierte.

Nicht einmal auf halben Weg zwischen dem Geschäft der Schwestern und Megs Straße kam das bekannte Rumoren von Brooks Truck neben Toni zum Stehen. „Ich habe noch ein paar Infos über deinen zukünftigen Ex. Hüpf rein, ich fahre dich den Rest des Weges."

Nach dem Kuss, so tugendhaft er auch war, war neben Brooks zu sitzen, das Letzte, was Toni brauchen konnte. Während sie mit den Schwestern über Babykleidung und die Vor- und Nachteile von Einwegwindeln diskutiert hatte, waren Tonis Gedanken zu diesem süßen verlockenden Kuss abgedriftet. Dieser sanften Berührung, wegen der sie sich immer noch etwas schwindelig fühlte. Und es war dieses Schwindelgefühl, das sie davon überzeugte, dass diese Reaktion rein hormonal bedingt war. Die Sache war nur, dass sie diese Theorie nicht auf die Probe stellen wollte. „Eine sehr qualifizierte Quelle sagte mir, dass Bewegung gut ist.“

Brooks lachte darüber, wie sie seine eigenen Anweisungen gegen ihn verwendete. „Deine qualifizierte Quelle hat absolut recht.“ Während sie weiter dastand, parkte er den Wagen am Straßenrand, schloss das Fenster und stieg aus. „Ich sollte diesen Ratschlag auch befolgen.“ Im nächsten Augenblick hatte Brooks ihr bereits ihre Tasche abgenommen und sie gingen zusammen weiter. „Fühlt sich nicht so an, als hättest du viel gekauft.“

„Wolle.“

„Du strickst?“

„Nein.“

„Aber du hast Wolle gekauft?“ Er ging etwas langsamer, damit sie Schritt halten konnte.

„Die Idee von Sister.“

Sein Kinn senkte sich verständnisvoll. „Die beiden können sehr überzeugend sein.“

„Sie haben mir einen Crashkurs gegeben.“

„Crashkurs?“

„Sissy sagte, mehr brauche ich nicht.“

Er nickte erneut, langsam und weniger überzeugt. „Also hast du die Wolle gekauft?“

„Es schien in dem Moment eine gute Idee zu sein.“

„Und was willst du machen?“

„Eine Babydecke. Sie sagten, Häkeln wäre einfacher. Es ist schwieriger, Maschen fallenzulassen.“

„Ich denke, das macht meine Tante. Die und die anderen Frauen im Verein sind viel unterwegs oder spielen Karten, aber sie machen auch immer noch gerne Decken oder andere Geschenke für frische Mütter. Eine Art Tradition in der Stadt.“

„Eine schöne Tradition.“

„Wir haben viele.“

„Wirklich?“ In der Vorstadt aufzuwachsen, ließ mit

dem Einzug moderner Technologie und Produkten made in China nicht viele Tradition überleben. „Wie zum Beispiel?"

„Nun, die Stadt veranstaltet jeden Sonntag ein Gemeinschaftspicknick nach der Kirche. Die Leute, die weiter weg wohnen und nicht jede Woche die Messe besuchen können, kommen immer an diesem Tag."

„Und jeder bringt Essen mit?"

„Ja. Es gibt einige ausgezeichnete Köche und Hobby-Bäcker im County."

„Darauf wette ich. Rezepte, die vermutlich über Generationen weitergegeben wurden." Einige ihrer besten Rezepte, waren von ihrer Großmutter.

Je näher sie dem Park kamen, umso deutlicher war das Schreien eines Kindes zu hören. So aufmerksam wie Brooks das Kind beobachtete, das auf einem Karussell seine Kreise zog, musste er das ausgelassene Lachen mit Schmerzschreien verwechselt haben.

„Ich komme hier fast jeden Tag vorbei und das ist das erste Mal, dass ich jemanden in diesem Park sehe."

„Nach der Schule sieht man hier öfter Kinder spielen. Manchmal kommen auch mehrere Mütter mit ihren Kindern, aber es ist nicht mehr so, wie es war, als ich klein war.

„Gab es damals mehr Kinder?" Sie stoppte und beobachtete die Mutter, die ihre zwei Kinder auf dem bunten Karussell anschob.

„Vermutlich gibt es dank des Wachstums der Stadt jetzt mehr Kinder als früher. Das Traurige ist, dass sie vermutlich vor ihren Videospielen oder Computern sitzen."

„Komisch, ich fühle mich hier so fern von der heutigen Zeit." Anstatt auf dem Bürgersteig weiter zu gehen, ging Toni ein paar Schritte aufs Gras und bestaunte weiter die Szene vor ihr. „Ich warte irgendwie immer darauf, dass ein Studebacker die

Straße herunterkommt oder Mädchen in Tellerröcken aus dem Drugstore kommen."

Brooks lachte. „Die Stadt kann das bei Leuten hervorrufen. Aber selbst Tuckers Bluff ist dem Wechsel der Zeiten nicht entkommen. Egel, ob es uns gefällt oder nicht, vierundzwanzig-Stunden-Nachrichtensender und das Internet haben die Welt in unsere Häuser gebracht."

„Aber ihr macht noch Gemeinschaftspicknicks. Kommen auch noch alle zum Aufstellen von Scheunen?"

Er lachte. „Nicht direkt."

„Wie dann?"

„Es gibt für gewöhnlich Kirchenbasare, um Geld aufzutreiben, falls Versicherungen bestimmte Schäden nicht decken."

„Sag ich doch." Sie ging weiter in den kleinen Park hinein. „Wir hatten so ein Karussell auch in einem nahegelegenen Park als ich jung war, aber sie haben es abgerissen. Meine Mom sagte, dass es zu gefährlich war."

„Das überrascht mich nicht. Als ich ein Kind war, haben wir das Ding so schnell gedreht, bis die Kinder eines nach dem anderen weggeschleudert wurden. Der *Gewinner* war, wer sich am längsten festhalten konnte."

„Okay, wenn du es so formulierst, ergibt es Sinn, das Ding vom Spielplatz zu entfernen. Obwohl ich mich jetzt Frage, warum dieses hier noch lebt?"

„Vielleicht weil Eltern und Kinder, die auf Pferden aufwachsen keine Angst vor einen alten Karussell haben."

„Vermutlich. Ich habe lieber geschaukelt. Ich kann mich gut daran erinnern, wie aufregend es war immer höher zu schaukeln, bis es nicht mehr ging. Als ich klein war, war das das Coolste."

Brooks drehte sich nach links und zeigte auf eine große, alte Eiche. „Siehst du den Ast da oben?"

Da waren viele Äste. „Vielleicht bist du etwas genauer."

„Der über dem Klettergerüst, der erst nach außen und dann einen Knick nach oben macht."

„Ja?"

„Als die anderen Kinder während eines Vierter-Juli-Picknicks auf dem Klettergerüst herumturnten –"

Sie musste einfach lächeln. Die Stadt hatte ein alljährliches Picknick.

„– prahlte Hank, dass er oben auf dem Klettergerüst stehen konnte. Adam und ich entschieden uns, ihn zu übertrumpfen."

„Oh, oh."

Wir schwangen uns den Baum hinauf und stellten uns wie Tarzan auf den Ast." Trotz dem, was gleich kommen würde, blickte Brooks den Baum wie eine alte Geliebte an. „Dann hörten wir das erste Knirschen."

„Ich wusste es." Sie versuchte ihr Lachen mit ihrer Hand zu ersticken. „Der einzige Grund, warum ich gerade keine Angst habe, ist, dass ich weder bei dir noch bei Adam irgendwelche permanenten Narben gesehen habe."

Brooks zog seinen Ärmel hoch und drehte sein Handgelenk. „Hätte schlimmer enden können. Adam hat meinen Sturz abgefangen. Er musste sechs Wochen mit Krücken laufen. Und als wir beide unsere Gipse wieder los waren, mussten wir dem alten Brennan bei der Arbeit auf seiner Ranch helfen, nachdem wir unsere Aufgaben erledigt hatten. Etwas darüber, unsere Köpfe zu benutzen, anstatt darauf zu landen."

Die Mutter verkündete, dass es an der Zeit war, nach Hause zu gehen und Abendessen zu machen. Die beiden Jungen murrten leise und entschieden sich dann, dass es vermutlich auch Spaß machen würde, zum

Bürgersteig zu rennen. Während die Kinder vorbeisausten hielt die Mutter neben ihnen an. „Hi, Doc. Ich schwöre dir, eines Tages werden die beiden erschöpft zusammenbrechen." Die Jungs hatten den Bürgersteig fast erreicht. „Wartet auf mich." Sie drehte sich noch einmal um. „Ich gehe besser. Schön, dich getroffen zu haben."

„Lass dich nicht von ihnen fertig machen!" Brooks kicherte leise, als er sah, wie die junge Mutter ihre Söhne verfolgte. Dann drehte er sich wieder zu Toni, legte seine Hand auf ihr Kreuz und schob sie an. „Probieren wir's aus."

„Oh nein." Sie blickte skeptisch auf das bunte Karussell. „Ich werde definitiv nicht auf diese Todesfalle steigen."

„Nicht das Karussell." Er ging noch ein paar Schritte weiter und zeigte auf die Schaukeln. „Nur zu. Ich fang dich auf."

KAPITEL SECHZEHN

Der ursprüngliche Plan als er Toni verfolgt hatte, war gewesen, sie ins Lakehouse Restaurant einzuladen. Es lag am Rand von Butler Springs und war *der* Laden für einen schönen Abend. Aber nach allem, was er über sie gelernt hatte, und allem, was er ihr erzählt hatte, dachte er, sie hätte sich diesen Spaß verdient. An einem Spielplatz anzuhalten und wie Kinder herumzutollen, war das Letzte, was er heute erwartet hätte. Doch als er ihr Lachen hörte, als sie sich so hoch hinaufschaukelte, wie sie sich nur traute, konnte er sich keinen besseren Ort vorstellen.

„Das macht immer noch Spaß", rief Toni von oben und gackerte dann vor Freude, als sie wieder an ihm vorbei in die andere Richtung sauste. Bei der nächsten Runde bemerkte er, dass sie sich nicht mehr anschob, und wartete, bis sie zum Stehen kam. „Erwachsensein wird überbewertet", kichert sie.

Brooks streckte die Hand aus, zog Toni auf die Beine und hielt sie fest, bis sie wieder sicheren Stand hatte. „Vorsichtig, Captain Jack."

„Das hat wirklich Spaß gemacht. Ich denke, Erwachsene haben einfach nicht genug Spaß." Sie machte einen Schritt nach vorne.

„Meine Tante würde dir widersprechen. Und nach den Kartenspielen zu urteilen, die ich gesehen habe, muss ich sagen, dass diese Mädchen einen Haufen Spaß haben."

„Vielleicht." Sie bückte sich und hob ihre Einkaufstasche auf. Dann drehte sie sich um und nahm ihm ihre Handtasche von der Schulter. „Danke."

So sehr es ihm auch widersprach, ihr die gute Laune zu verderben, es gab etwas, über das er mit ihr reden musste.

„Ich sehe, dass du irgendetwas sagen willst, also, nur zu. Ich bin ganz Ohr."

„Bin ich so leicht zu durchschauen."

Toni zuckte mit den Achseln. „Ich habe dich in den letzten paar Tagen oft beobachtet. Es gibt ein paar Eigenschaften, die ihr Brüder alle gemeinsam habt."

„Wie zum Beispiel?"

„Nun, heute bei Charlotte Thomas, war D.J. dein exaktes Spiegelbild. Zwischen deinen Augenbrauen ist eine Rille, die nicht tief genug für ein Stirnrunzeln ist, aber deutlich deinen Missmut zeigt. Aber was dich wirklich verraten hat, sind deine Augen. In ihnen ist so eine Intensität, dass der Spruch *Wenn Blicke töten könnten* eine neue Bedeutung bekommt."

„Wenn es nicht illegal wäre, würde ich mit Jake gerne hinter einen Schuppen gehen und ihm eine Lektion erteilen, die er nicht so schnell vergisst."

„Das glaube ich dir."

Die alte Eiche mit dem Ast, den der Platzwart nach dem Unfall von vor zwanzig Jahren abgeschnitten hatte und an dem ein neuer Trieb gewachsen war, warf einen Schatten auf zwei Picknick-Tische. „Sollen wir uns setzen?"

Toni zog eine Augenbraue hoch. „So schlimm, dass du es mir unter vier Augen sagen willst?"

„Ich weiß nicht." Er wusste es wirklich nicht. Bei einem normalen Paar wäre diese Nachricht vermutlich verheerend. Aber wie würde eine unglückliche zukünftige Ex-Ehefrau sich fühlen? Er hatte keine Ahnung.

Toni nickte und setzte sich auf die Bank. „Okay, worum geht es?"

Eine Geliebte. „Wie lange?"

„Ich weiß es nicht sicher. Mindestens drei Jahre."

In ihrem eigenen Gebäude. Waren sie sich begegnet? Hatten sie sich irgendwann unterhalten? Waren sie zusammen im Aufzug gefahren? „Wie sieht sie aus?"

„Ich weiß nicht." Brooks Stimme war so flach wie sein Gesicht ausdruckslos war. Er hatte sehr wenig gesagt, nachdem er die Bombe über die Geliebte und die einstweilige Verfügung hatte platzen lassen.

„Ich denke, ich sollte auch eine einstweilige Verfügung erwirken lassen." Wenn William fähig war, diese andere Frau, wegen welcher Kleinigkeit auch immer, für eine Woche ins Krankenhaus zu bringen, dann wäre er auch fähig, ihr dasselbe anzutun, wenn er herausfand, dass sie beabsichtigte, die Scheidung einzureichen.

„Das wäre weise." Wieder sagte sein Gesicht fast nichts. Anders als William, von dem sie gewohnt war, dass er ihr sagte, wie sie sich fühlen und was die denken sollte, gab ihr Brooks all den Freiraum und die Zeit, die sie brauchte, um zu einem Entschluss zu kommen.

Das mochte sie. Ihr gefiel es, wieder ihre eigenen Entscheidungen zu treffen. „Ja. Ich denke, das wäre es. Was ich nicht weiß, ist, ob ich das von Texas aus in die Wege leiten kann, oder ob ich warten muss, bis ich wieder zuhause bin."

Dieses Mal blitzten seine Augen wütend auf, bevor sich der emotionslose Vorhang wieder senkte. Doch die

Muskeln in seinem Kiefer waren weiter angespannt.

Hinter seinen verschlossenen Augen musste ein Kampf stattfinden, ein Kampf, den sein Zähneknirschen nicht verbergen konnte. „Wenn du etwas sagen willst, dann sag es."

„Ich will mich nicht einmischen."

Nicht einmischen? „Lass mich das klarstellen. Du hast hinter meinem Rücken Nachforschungen über William anstellen lassen, dir die Zeit genommen, mich über diese verdammte Geliebte zu informieren, aber du willst dich nicht einmischen?"

Sein Kiefer zuckte erneut. „Das stimmt."

„Warum nicht?" Sie sprang auf und fuchtelte mit den Armen. Es war verdammt lange her gewesen, seit Toni das letzte Mal auch nur den Hauch eines Wutanfalls gehabt hatte.

„Ich würde gerne vieles sagen, aber nicht, bis du deinen Entschluss gefasst hast."

„Entschluss gefasst?" Sie machte einen Schritt zurück. „Worüber? Du kannst doch nicht sauer auf mich sein, weil ich nie eine einstweilige Verfügung hatte. Oder etwa doch?" Sie lehnte sich vor. Sie war so wütend auf ihn, dass sie ausholen und ihn schlagen wollte. So viel zu einem echten Märchenprinzen. „Du hast keine Ahnung, wie es sich anfühlt, wenn man Stück für Stück seiner Selbst beraubt wird, bis nichts mehr da ist."

„Ich –"

„Du was?" Sie stieß ihm einen Finger in die Brust.

Sein Blick erweichte und zum ersten Mal, seit sie diesen Mann kennengelernt hatte, dachte sie, Angst in Brooks Augen zu sehen. „Ich will nicht sehen, wie du verletzt wirst."

Toni wich zurück und setzte sich wieder auf die Bank. Sie atmete tief ein. Vielleicht waren es die Hormone. Sie hatte gehört, dass Schwangere anfällig für Stimmungsschwankungen waren. Aber verdammt, sie steckte in einem unglaublichen durcheinander und hatte keine Lust auf Ratespiele. „Ich weiß, es ist für dich vielleicht schwer zu glauben, aber ich war einst unabhängig, taff, oder dachte das zumindest." Selbst jetzt, weg von William, auf sich allein gestellt, vereint mit Meg und wieder stärker, verstand sie immer noch nicht, was geschehen war. Wie ihr Leben so außer Kontrolle geraten konnte. „Ich hatte sogar das feurige italienische Temperament meiner Mutter."

„Ich denke, einen Teil dieses Temperaments hast du mir gerade gezeigt."

Seine Worte brachten sie zum Lächeln. „Das habe ich, oder?"

„Du warst an dem Tag mit dem Hund auch ziemlich sauer auf mich. Du hast mich als gemein bezeichnet."

Toni konnte spüren, wie ihre Wangen erröteten. „Das tut mir leid."

„Ich bin eigentlich ein netter Kerl." Zum ersten Mal, seit sie sich gesetzt hatten, lächelte er. „Das sagten die Leute sogar schon, bevor ich Arzt wurde."

„Ich glaube dir." Und das machte ihr Angst. Es war viel einfacher, wenn sie glaubte, dass Brooks ein weiterer Papp-Märchenprinz wäre. Aber eins nach dem anderen. „Wenn William herausfindet, dass ich die Scheidung einreichen werde, wird er Himmel und Erde in Bewegung setzen, um zurück nach Boston zu kommen. Ich habe Angst vor seinen Wutausbrüchen. Denkst du, dein Bruder kann mir helfen?"

„Definitiv." Brooks griff in seine Tasche, um sein Handy herauszunehmen.

Toni griff nach seinem Handgelenk und stoppte ihn. „Noch nicht. Ich muss mir erst noch über einige Dinge klar werden. Ich habe Angst, was William tun wird, wenn er von dem Baby erfährt."

Brooks verkrampfte unter ihren Fingern, und die Muskeln in seinem Kiefer spannten sich an.

„Nach dem, was Brooklyn über diese Frau berichtete hat, habe ich mich entschlossen, unterzutauchen, bis die Scheidung durch ist." Toni atmete tief ein. Es war vermutlich gut für sie, Dinge laut auszusprechen. „Ich will nicht, dass dieses Kind je erfährt, was für ein Monster im Schafspelz sein Vater ist."

Bis er seine freie Hand über ihre legte, hatte sie nicht realisiert, dass sie immer noch seinen Arm festhielt. „Normalerweise hätte ich gedachte, dass es keinen triftigen Grund gibt, einem Mann sein Kind vorzuenthalten."

Toni öffnete den Mund, um zu sprechen, und Brooks hob einen Finger.

„Ich sagte, normalerweise. Je mehr ich über William erfahre, umso überzeugter bin ich, dass du keine andere Wahl hast. Nicht, wenn du das Baby beschützen willst."

Tränen stiegen ihr in die Augen. „Ach, verdammt. Wird das mit den Stimmungsschwankungen noch acht Monate so weitergehen?"

Brooks kicherte leise. „Wahrscheinlich."

„Toll." Toni wischte sich über die Augen. „Ich investiere besser in wasserdichte Umstandskleidung."

„Sprich mit den Schwestern, wenn sie keine haben, wissen sie, wo du welche bekommst."

Allein die Vorstellung, wie die ungleichen Schwestern in ihrem Geschäft herumsausten, zauberte Toni ein Lächeln ins Gesicht. Und gleichzeitig fand sie das laute Grummeln in Brooks' Magen regelrecht zum Schieflachen. „Komm schon. Wir besorgen dir besser etwas zu Essen."

„Das stand als nächstes auf meiner To-Do-Liste. In Butler Springs gibt es ein Tolles Restaurant –"

„Ein andermal wäre das wundervoll, aber nicht

heute Abend. Ich will nur ein einfaches hausgemachtes Mahl."

„Natürlich, ich verstehe." Brooks stand auf und sein Arm glitt langsam unter ihrer Hand heraus. Die laue Abendbrise strich über ihre jetzt unbedeckte Haut und verpasste ihr Gänsehaut. Es gab nur Weniges, über das sie sich in der aktuellen Phase ihres Lebens sicher war – aber in Brooks Nähe zu sein, verstand sich von selbst. „Was wäre nötig, um dich zu überreden, mit Meg, Adam und mir zu Abend zu essen?"

Brooks streckte ihr seine Hand hin. „Ich bin sicher, du kannst mir ganz einfach den Arm verdrehen."

Ihre Hände hatten ihn kaum berührt, als er sich umdrehte, als hätte sie ihm den Arm ausgekugelt. „Ich gebe auf. Abendessen im Bed-and-Breakfast also."

Brooks half ihr von der Bank auf und nahm ihre Hand fest in seine. Sie hatten bereits den Park verlassen und waren schon halb den Block entlang gelaufen, als sie realisierte, dass er immer noch ihre Hand hielt. Und verdammt, sie wünschte sich, diesen friedlichen und unbeschwerten Moment auf ewig festhalten zu können und bis ans Ende der Zeit mit einem Mann, der sich wirklich um sie sorgte, spazieren zu gehen.

KAPITEL SIEBZEHN

Brooks fühlte sich wie ein Teenager, der ein Mädchen von der Schule nach Hause begleitete. Sie schafften es bis zur Ecke von Megs Block, bevor er realisierte, dass er immer noch Tonis Hand hielt, und das schlimmste war, dass er nicht loslassen wollte. Er war immer noch damit beschäftigt, zu überlegen, ob er sie loslassen sollte, als sie Megs Haus erreichten und eine ziemlich unglücklich aussehende Tante Eileen antrafen.

„Lass mich das für dich nehmen." Die Entscheidung, Tonis Hand loszulassen, wurde ihm abgenommen, und Brooks nahm seiner Tante eine Ladung zusammengelegter Stoffbahnen ab.

„Das sind die neuen Vorhänge, die ich Meg versprochen habe." Das Kinn nach oben gezogen blickte Tante Eileen ihm in die Augen. „Bring sie rein. Ich habe noch heißes Essen im Truck."

„Kann ich dir bei irgendetwas helfen?" Tonis Stimme drang nur als Flüstern zu ihm.

Tante Eileen drehte sich zu Megs Freundin um. Das Feuer, das sie Brooks entgegengebracht hatte, klang ab. „Das ist nicht nötig."

„Bist du sicher?"

Tante Eileen bemerkte Tonis zaghaftes Auftreten. „Ich habe noch mehr Vorhänge auf dem Rücksitz. Ich habe Nora gerade ein paar Sachen zum Einfrieren vorbeigebracht. Becky und Dorothy wollten mich hier treffen. Wir sagten Meg, wir würden ihr beim Aufhängen der Vorhänge helfen, damit das Haus mehr nach dem Heim einer Familie aussieht."

Das Wort Familie hatte Tonis Augen kurz weit werden lassen, bevor sie nickte und zum Truck eilte.

Brooks ging näher zu seiner Tante und senkte die Stimme. „Mir ist egal, was du meinst, gesehen zu haben. Was auch immer du sagen willst, sag es mir später. Das letzte, was Toni jetzt braucht sind deine verurteilenden Blicke. Bleib freundlich."

Zusammengekniffene Augen, die ihn jahrelang für alles mögliche gescholten hatten, von in der Kirche jammern, bis im Haus seinen Hut tragen, bohrten sich in ihn. Die Frau, die für ihn einer Mutter am nächsten kam, schluckte und öffnete den Mund, um zu sprechen.

„Freundlich." Wiederholte er. „Oder geh heim." Brooks drehte sich von seiner Tante weg, als er Tonis Schritte näherkommen hörte und lächelte sie an. „Meg wird die lieben."

„Ich habe meine Malerklamotten angezogen." Tante Eileen reichte Meg einen warmen Topf. „Ich dachte, wir könnten nach dem Essen das große Schlafzimmer fertig machen, bevor wir die Vorhänge aufhängen."

„Das wird nicht nötig sein."

„Unsinn. Die Hochzeit ist übernächsten Samstag. Wenn du nicht willst, dass deine Familie immer zwischen Butlers Springs und Tuckers Bluff hin und her fahren soll, müssen wir uns sputen. Außerdem", Tante Eileen lächelte von einem Ohr zum anderen, „darf die Hochzeitssuite doch nicht wie eine Baustelle aussehen."

Meg errötete, Becky kicherte leise und Toni drehte sich weg und holte Besteck aus einer Schublade. Brooks wollte seine Tante erdrosseln, weil sie Toni verunsichert hatte. Die Art, wie sie leise herumschlich und sich nicht an der Unterhaltung und dem Scherzen beteiligte, weckte in ihm das Verlangen, die nächste Wand einzuschlagen. Etwas, das er nicht getan hatte, seit dem Tag, als er seine Mutter zu Grabe getragen hatte und er realisierte, dass sie nicht wieder zurückkommen würde.

„Brooks." Tante Eileen lächelte ihren Neffen steif an. „Ich habe noch ein paar Sachen im Truck. Ich könnte etwas Hilfe gebrauchen."

„Ich mache das", antwortete Adam, der gerade durch die Vordertür hereingekommen war.

„Das ist schon in Ordnung." Eileen klopfte ihrem ältesten Neffen auf die Schultern. „Brooks ist schon dabei."

Mit hochgezogenen Augenbrauen blickte Adam zu Brooks. Es war nicht zu übersehen, wenn einer der Brüder bei ihrer Tante in Ungnade gefallen war, egal, wie sie es formulierte. Vielleicht hätte Brooks sie nicht anschnauzen sollen und vielleicht brach es alle Regeln, nach denen sie erzogen worden waren, mit einer verheirateten Frau Händchen zu halten. Doch selbst das gab seiner Tante nicht das Recht über jemanden zu urteilen.

Brooks ignorierte das rege Treiben in der Küche und folgte Eileen hinaus. Auf dem Weg zum Truck klapperten ihre Stiefelabsätze laut auf dem Holz der erneuerten Veranda. Als Kinder konnten sie abschätzen, in wie viel Ärger sie steckten, je nachdem, wie stark sie auftrat. Gerade hätte sie Nägel in Stein schlagen können. Erwachsen oder nicht, er steckte in Schwierigkeiten.

Fünfundzwanzig Jahre. Eileen war so sauer, dass sie ihr

Herz in ihren Ohren schlagen hörte. Seit dem Tag, als sie den Himmel dafür verflucht hatte, ihr ihre Schwester genommen zu haben, war sie nicht mehr so wütend gewesen. Fünfundzwanzig Jahre hatte es keiner der Jungs gewagt, solche Widerworte auszusprechen. Sicher, hin und wieder hatte es Murren und Knurren gegeben, doch Eileen wusste, dass selektives Hören ihr bester Freund war, doch das hier. *Geh Heim*, hatte er zu ihr gesagt. Er hätte ihr mit all seiner Kraft eine Ohrfeige geben können und es hätte nicht so geschmerzt wie diese scharfen Worte. Nie, nicht einmal als die Jungs noch vom Schmerz über den Tod ihrer Mutter getrieben wurden, hatten sie so mit ihr gesprochen. So ihren Zorn gegen sie gerichtet.

An dem alten SUV, der ihr schon über ein Jahrzehnt treu gedient hatte, ließen der Schmerz und die Wut in ihr sie so fest an der Tür ziehen, dass die Kraft fast gereicht hätte, um die Tür aus den Angeln zu reißen und sie durch den Garten zu werfen. Sie beuchte sich hinein und nahm die Griffe des großen Tabletts. Anstatt ihn, die Tür und ihren Neffen durch die Luft zu werfen, atmete sie tief ein. Dann nahm sie den Süßkartoffelkuchen aus dem Wagen, drehte sich um und blickte ihren zweitältesten Neffen an.

Feuchte Augen blickten sie mit fast genauso viel Schmerz an, wie in ihr pulsierte. Seine Stimme war leise und zart, fast wie das Rumoren eines gut gepflegten Oldtimers. „Ich liebe dich.“

All die Wut, die um sie herumgewirbelt war, wich aus ihr und machte Platz für die innige Verbindung, die diese Familie fünfundzwanzig Jahre zusammengehalten hatte. „Verdammt.“ Die Tränen, die sie mit ihrer Wut gezügelt hatte, traten wie ein Fluss in der Regenzeit über die Ufer.

Brooks nahm ihr das warme Gericht aus den Händen, stellte es auf das Dach des Wagens und schloss ihren kleinen Körper in seine starken Arme. Wann zum Teufel waren diese Jungs erwachsen geworden?

„Ich würde dir nie wehtun wollen. Niemals." Seine Stimme war voller Schmerz. „Aber du musst verstehen."

Eileen verdrängte ihre eigenen Gefühle und blickte zu dem Jungen auf, den sie zum Mann erzogen hatte, seit er zehn war. Wie hatte sie diesen Blick übersehen können? Sowohl sein Vater als auch sie hatten ihn gleich am ersten Tag in Adams Augen gesehen. Niemand hatte bezweifelt, dass die Fremde in der Stadt Adams Herz erobert hatte, auch wenn Adam und Meg es selbst noch nicht gewusst hatten. Und doch war das hier anders. Eileen wollte Brooks die Haut abziehen, weil er eine verheiratete Frau auch nur angesehen hatte und ihn gleichzeitig in ihre Arme nehmen, um ihn vor dem Schmerz zu beschützen, den ein Szenario wie dieses unweigerlich verursachen würde.

„Es ist nicht, was du denkst." Seine Stimme klang jetzt gleichmäßiger und er stand aufrechter da.

Er litt und sie hasste jede Sekunde davon. Sie hatte diese Jungs zwar nicht in ihrem Mutterleib getragen, doch sie hatte jeden einzelnen von ihnen seit ihrem ersten Atemzug ins Herz geschlossen. Sie löste sich aus seiner Umarmung und versuchte das Wirrwarr aus Emotionen in sich zu sortieren, bevor sie eine weitere Tasche mit Vorhängen aus dem Wagen holte. „Woher willst du wissen, was ich denke?"

„Weil ich es zuerst auch gedacht hatte. Und ich hoffe, du kennst mich gut genug, um zu wissen, dass ich nie einem anderen Mann das Mädchen ausspannen würde, ganz zu Schweigen die Frau."

Die Tasche an die Brust gedrückt drehte sie sich um und blickte ihm in die Augen. Er hatte recht. Sie wusste das. Glaubte das von all ihren Jungs." Das tue ich."

„Dann musst du mir vertrauen, auch wenn es hart ist."

Das war nicht wie das eine Mal, als das Baseball Team suspendiert wurde, weil sie Kautabak in ihren Taschen hatte und sie und Sean sich entscheiden mussten, ob sie die Entscheidung des Direktors unterstützten oder hinter Brooks stand, der schwor, er hätte das Zeug nicht einmal probiert. Das hier war Zehn-Gebote-Territorium. Aber sie musste sich daran erinnern, dass dies der Mann war, auf den sie jeden Tag seines Lebens stolz gewesen war. „Das tue ich."

Ein kleines Lächeln zierte seine Lippen und sie konnte sehen, dass zumindest ein Teil des Gewichts, das er auf den Schultern trug, abgefallen war. Sie wollte diese Bürde nicht noch vergrößern. Diese Situation würde zweifellos schon schlimm genug werden – egal wie es ausging.

„Hier ist genug essen, um eine ganze Armee zu versorgen. Wer kommt denn noch alles?" Adam hob den Deckel von einem der Tabletts.

Meg stand an der Spüle und wusch Salat. Grinsend wie eine Verrückte blickte sie über die Schulter zu ihrem Verlobten. „Niemand mehr. Was nicht gegessen wird, frieren wir ein, dann musst du dir keine Sorgen wegen einer Lebensmittelvergiftung machen, wenn wir aus den Flitterwochen wieder kommen.

Toni schenkte dem Geplauder nur einen Teil ihrer Aufmerksamkeit, während sie Paprika und Gurken schnitt. Hauptsächlich lauschte sie, wann Brooks und seine Tante wiederkamen. Bei dem Blick, mit dem Brooks' Tante sie angesehen hatte, als sie den Block heraufgekommen waren, hatte sie sich mindestens einen Kopf kürzer gefühlt. Nicht dass sie Tante Eileen gebraucht hätte, um ihr zu sagen, dass es völlig unangemessen war, Hand in Hand mit Brooks spazieren zu gehen. Das hatte sie auf halbem Weg selbst erkannt. Sie hatte aber auch erkannt, dass es ihr egal war, doch sie war töricht gewesen, nicht daran zu denken, was andere Leute denken würden, wenn sie sie sahen.

Händchenhaltend mit Brooks nach Hause zu gehen war etwas Kindliches gewesen. Etwas Unschuldiges. Etwas Harmloses. Es war ja nicht so, als hätte Tante Eileen sie bei einem Schäferstündchen im Vorgarten erwischt. Aber so schlimm, wie es sich anfühlte, hätte das genauso gut der Fall sein können. Der Lärmpegel in der Küche wurde lauter, als Töpfe und Pfannen hervorgeholt, Hängeschränke geöffnet und geschlossen und Geschirr, Gläser und Besteck auf dem Tisch verteilt wurde. Alles musste für das Familienessen passen. Aber das eine Geräusch, das sie hören wollte, blieb aus. Warum brauchten Eileen und Brooks so lange?

Der Blick in Eileens Augen hatte sich in Tonis Gehirn eingebrannt. *Kommt schon ihr beiden.* Der Drang, durchs Wohnzimmerfenster zu blicken war fast zu groß, um ihn ignorieren zu können. Vielleicht sollte sie hinaus gehen. Es erklären. Sich entschuldigen. Sowohl bei Tante Eileen als auch bei Brooks.

„… einfach perfekt für dich."

Erst als der Raum unerwartet leise wurde, realisierte Toni, dass Megs letzte Worte an sie gerichtet waren.

Kurz wartend stellte Meg die Salatschüssel vor Toni auf die Arbeitsfläche. „Denkst du nicht auch?"

Scheiße, Toni sollte antworten, doch was zum Teufel war die Frage gewesen. „Ich, ähm."

„Das Haus wird eh eine Woche leer sein."

Meg blickte sie weiter erwartungsvoll an, doch Toni war nicht gut in Ratespielen.

„Es tut mir leid, aber –"

„Nein. Du musst nicht gleich antworten. Versprich einfach, dass du darüber nachdenkst."

Darüber nachdenken?

„Süßkartoffelkuchen als Nachspeise." Brooks ging mit einem knallpinken Tragebehälter durch die Küche. Und, was noch wichtiger war, er lächelte.

Nur einen Schritt hinter ihm folgte Tante Eileen. „Nicht so gut, wie Tonis ausgezeichneten Törtchen, aber da jetzt sie den ganzen Tag arbeitet, dachte ich nicht, dass sie auch noch Zeit fürs Backen hat", sagte sie. Das strahlende Grinsen in Eileens Gesicht wirkte echt und eine Welle der Erleichterung brach über Toni herein. Die Spannungen zwischen Brooks und seiner Tante waren fast völlig verschwunden. Eileen sah sich im Raum um und betrachtete die auf eine Antwort wartenden Personen. „Haben wir etwas verpasst?"

Meg zeigte auf Toni. „Ich habe ihr gerade aufgezählt, warum es perfekt für sie wäre, hierzubleiben und mir zu helfen, das Bed-and-Breakfast zum Laufen zu bringen."

Eileen lächelte weiter, doch sah etwas überrascht aus. „Du bleibst bei uns?"

„Ich, ähm", sie blickte zu Brooks, der immer noch bei seiner Tante stand, aber keine Miene regte. Wenn sie doch nur an seinen Augen ablesen könnte, was er von dieser Idee hielt. Sie hatte ihre Vorzüge. Hatte sie nicht erst vor kurzem gedacht, dass Tuckers Bluff ein schöner Ort wäre, um ihr Kind großzuziehen? Andererseits war sie noch nie ganz auf sich allein gestellt gewesen. Sie war von ihrem Elternhaus direkt zu William gezogen. Wie stellte sie sich ihr zukünftiges Leben vor?

KAPITEL ACHTZEHN

„Ich denke, das atemberaubendste an diesem Teil des Landes sind die Sterne." Toni saß zusammen mit Meg auf der Veranda und blickte in den Himmel. „Ich weiß nicht, ob ich in meinem Leben schon einmal so viele Stern gesehen habe."

„Ich weiß, was du meinst." Meg schaukelte in ihrem Schaukelstuhl. „Soweit das Auge reicht kein einziger Baum oder Busch. Das das ist schon erstaunlich. Aber es ist eine tolle Kulisse für den Sonnenuntergang."

„Das glaube ich dir." *Funkel, funkel, kleiner Stern, ach wie bist du mir so fern.* „Wenn du einen Wunsch frei hättest, was wäre er?"

„Ach Liebes. Ich weiß nicht." Meg stieß sich vom Boden ab und schaukelte etwas schneller. „Ich denke, eine Klinik für Brooks."

„Was?" Von all den Möglichkeiten hatte Toni so etwas nicht erwartet.

„Adam übernahm die Tierklinik, nachdem sein Vorgänger sich zur Ruhe gesetzt hatte. Er hat das Ganze für einen Spottpreis bekommen. Natürlich hat er etwas erweitert, aber nicht viel. Soweit die Leute hier zurückdenken können, hatte Tuckers Bluff keinen eigenen Arzt gehabt. In Butlers Springs gibt es eine kleine Klinik. Aber wenn man etwas Ernstes hat, muss man bis nach Abilene ins Krankenhaus fahren."

„Das wusste ich nicht."

„Deshalb ist bei Brooks so viel los. Viele der Leute, die ihn aufsuchen, kommen von ziemlich weit weg. Alle südlich und westlich von hier spart seine Praxis mindestens eine Stunde Fahrt gegenüber der Klinik.“

„Und er will so eine Klinik wie in Butler Springs?“

Meg zuckte mit den Achseln. „Ich bin mir nicht sicher, was er sich genau vorstellt, aber er steckt all sein Geld in ein Röntgengerät, anstatt seinen alten SUV zu reparieren. Man konnte sehen, dass es ihn verrückt machte, wenn er Patienten wegen eines möglichen Bruchs in die nächste Stadt schicken musste.“

„Wie weit ist es nochmal nach Butler Springs?“

Die Tür ging auf und Brooks kam heraus. „Etwa neunzig Meilen in die Richtung wo die Geier kreisen.“

„Wir haben gerade über die Klinik gesprochen.“ Meg lächelte ihren zukünftigen Schwager an.

„Adam und ich haben gerade die letzte Zierleiste im hinteren Schlafzimmer angebracht.“

„Du hättest nicht so lange bleiben müssen. Das hätte noch warten können.“

„Nicht, wenn es nach Tante Eileen ging.“ Brooks warf ihr ein echtes, aber müdes Lächeln zu. Toni war so froh, dass das, was zwischen ihnen gestanden war, sich nicht als große Sache herausgestellt hatte, und sie hoffte, dass es dabei nicht um sie gegangen war.

„Ich sage immer noch, dass du besser mit den anderen nach Hause gegangen wärst. Du musst morgen auch früh arbeiten.“

„Schlaf wird überbewertet.“ Erneut lächelnd zog Brooks eine Schulter hoch und Toni spürte die Wirkung dieser bescheidenen Geste bis in ihre Zehen. Ein ehrlicher, bodenständiger und netter Kerl. „Jedenfalls, bevor ich gehe, wollte ich dir noch mitteilen, dass Adam den Kühlschrank plündert. Ich denke, er sucht nach den Törtchen."

Meg sprang auf. „Die sind für den Rest der Woche als Nachspeise gedacht." Kopfschüttelnd eilte Meg an ihm vorbei ins Haus und rief Adam zu. „Wage es nicht."

„Ich sehe den beiden so gerne zu." Das tat sie wirklich. Es war, als würde sich vor ihr ein rührseliger Film abspielen. „Denkst du, sie werden immer so glücklich sein?"

„Ich wüsste nicht, warum nicht." Brooks ging über die Veranda und lehnte sich neben ihr an das Geländer. „Willst du reden?"

„Worüber?"

„Deinen nächsten Schritt."

„Oh." Das war alles, an was sie gedacht hatte, seit Meg ihr angeboten hatte, dass sie bleiben konnte. Während des ganzen Abendessens, des Zusammenräumens und Vorhangaufhängens war sie all ihre Optionen immer wieder durchgegangen. „Ich wollte Boston eigentlich nicht so schnell verlassen."

Brooks nickte.

„Ich dachte, ich hätte noch mehr Zeit, um zu planen. Aber das habe ich dir ja bereits erzählt."

Brooks nickte erneut.

„Es ist komisch, oder vielleicht auch nicht, wie klarer Dinge werden, wenn man sie auf das reduziert, was wirklich wichtig ist."

„Und was ist dir wirklich wichtig?"

„Das Baby. Meine Familie – Mom und Dad. Ich will immer noch nicht, dass sie das alles erfahren, bis es vorbei ist. Und das Baby, ich werde tun, was ich muss, um sicherzustellen, dass William diesem Kind nicht wehtun kann."

Brooks nickte, doch sein Gesichtsausdruck blieb unverändert. Sie hatte keine Ahnung, was er dachte.

„Ich habe mich bereits entschieden, dass es in

niemandes Interesse ist, wenn ich zurück nach Boston gehe und das ausfechte. Das ist ein Punkt für Megs Vorschlag."

Dieses Mal sah sie den Hauch eines Funkelns in seinen Augen.

„Und wenn ich nicht will, dass meine Familie involviert oder in Gefahr gebracht wird, eliminiert das auch den Großteil von Massachusetts und New Hampshire. Das wäre der zweite."

Einer seine Mundwinkle wanderte nach oben in Richtung seiner funkelnden Augen.

„Ich kann mir nicht vorstellen, dass William bis hierher wandern wird, und mir ist es auch lieber, wenn ich ihn nie wieder sehen muss."

„Was ist mit dem Baby?"

„Ja. Nun. Darüber denke ich noch nach."

Brooks nickte.

„Aber hauptsächlich", sie blickte noch einmal in die vom Mondschein erhellte Nacht, bevor sie ihn wieder ansah, „gefällt es mir hier."

„Wirklich?" Ein Hauch von irgendetwas erstrahlte in seinen Augen, doch sie wusste nicht, was es war.

Sie nickte. „Als ich aufwuchs, dachte ich immer, dass ich nicht der Mensch für die enge familiäre Bindungen war, die in meiner Familie herrschte. William zu heiraten und ein Teil der sogenannten Oberschicht zu werden, sah nach der perfekten Antwort aus. Diese Stadt ist wie eine riesige Familie und mir wurde klar, wie sehr ich das vermisse. Selbst die Schwestern. Übrigens, wie heißen die beiden wirklich?"

Brooks zuckte mit den Achseln. „Ich weiß nicht. Sie waren schon immer Sister und Sissy."

„Na ja. Punkt drei zu Megs Gunsten ist, dass ich die Leute hier mag." Sie spürte, wie ihre Wangen erröteten, als sie den Rest des Satzes aussprach:

„Manche mehr als andere.“

Mit jedem Wort, das Toni sagte, schlug Brooks‘ Herz ein wenig schneller. War es so auch für Adam gewesen, als Meg in die Stadt kam? Bei dem Gedanken, mehr Zeit mit Toni verbringen zu können, wollte Brooks einen Luftsprung machen. Den ganzen Nachmittag hatte er sich Möglichkeiten überlegt, wie er Toni überzeugen könnte, in Tuckers Bluff zu bleiben, wo er auf sie aufpassen konnte. Zumindest bis William Bennett, wirklich und dem Gesetz nach, ein Teil ihrer Vergangenheit war. Jetzt hatte sie ihm die Arbeit ums Tausendfache einfacher gemacht, indem sie zu demselben Entschluss gekommen war, oder zumindest dem Teil, länger in der Stadt zu bleiben. Aber während seines inneren Monologs hatte er nie erwartet, dass er so verdammt glücklich sein würde, wenn sie zustimmen würde.

„Hat dir der Anwalt gesagt, wie lange die Scheidung etwa dauern wird?“

Toni stieß ein abgehaktes Seufzen aus. „Irgendwie, aber nicht wirklich. Falls William sich nicht sträubt, könnte es in ein paar Monaten vorbei sein.“

„Denkst du –“

Sie hob die Hand und schüttelte den Kopf. „Aber nach dem heutigen Anruf, wissen wir wohl beide, dass das nicht passieren wird. Wenn er durch irgendein Wunder nicht fristgerecht antwortet, kann die Scheidung danach immer noch schnell vonstattengehen.“

Es bestand also die Möglichkeit. „Er ist in Übersee. Vielleicht antwortet er nicht. Besteht die Chance, dass der heutige Anruf nur eine Drohung war?“

Sie zögerte nicht einen Augenblick bevor sie den Kopf mehrmals schüttelte. „Nicht einmal, wenn die Hölle zufriert. William glaubt nicht an leere Drohungen."

Diese Antwort hatte er befürchtet. „Und wenn er dagegen Einspruch erhebt?"

„Im schlimmsten Fall?"

Er nickte.

„Jahre."

Das hatte er nicht hören wollen. Vielleicht wäre es keine schlechte Idee, bei Brooklyns wegen einer Empfehlung bezüglich guter Anwälte nachzuhaken. Obwohl ein wirklich guter ein Vermögen kosten würde, das sie nicht hatte. Sein Kopf rechnete nach. Er war zwar nicht reich, aber er könnte Geld auftreiben. „Wann weißt du mehr?"

„Mein Anwalt sagte, dass die Zeit, bis wir von Williams Anwalt hören, Aufschluss geben wird, auf was für einen Kampf wir uns einrichten müssen."

„Bist du dafür bereit?"

Toni blinzelte. Eine Sekunde lang war er sich nicht sicher, ob sie ihn überhaupt gehört hatte. Ihr Mund öffnete sich, doch sie schloss ihn schnell wieder. Dann dachte er, sie würde nicken, doch stattdessen zog sie ihre Schultern hoch. Letztendlich schloss sie die Augen, seufzte und presste die Lippen zusammen.

In Bruchteil einer Sekunde schmiegte er sich an sie und strich ihr eine lose lockige Strähne hinters Ohr, um so dem Drang zu widerstehen, sie in seine Arme zu schließen. „Hey, es tut mir leid."

Sie schüttelte den Kopf. „Das sollte keine so schwierige Frage sein. Ich würde gerne denken, dass ich es bin. Die meiste Zeit bin ich mir sicher, dass ich bereit bin. Wenn nicht für mich, dann für das Baby …"

„Aber?"

„Aber er hat schon so lange gewonnen …" Ihre

Finger zu Fäusten ballend hob Toni den Kopf, um ihm in die Augen zu blicken. „Ich will nie wieder der Frosch im kochenden Wasser sein."

„Mach dich nicht so klein. Du bist stärker als du denkst." Er wünscht sich, dass er so begabt mit Worten wäre, wie seine Schwester. Was er als nächstes sagen würde, war viel zu wichtig, um es zu vermasseln. Wenn er zu sehr drängte, könnte er sie verschrecken, doch wenn er nichts sagte, könnte sie es sich anders überlegen und die Stadt verlassen und er würde keine zweite Chance bekommen. „Hart oder einfach, egal wie das mit William abläuft, du kannst immer darauf vertrauen, dass die Farradays dir beistehen werden." Ihr Blick schwankte nicht. Sie blinzelte nicht einmal. „Und ich werde bei dir sein, um dir beizustehen oder dich zu unterstützen oder dich einfach aufzumuntern. Was auch immer du von mir brauchst."

„Auch wenn ich jemanden brauche, der meine Hand hält?"

„Dann bin ich dein Mann." Sein Herz hämmerte gegen seine Brust, er streckte die Hand aus und legte sie über ihre geschlossene Faust.

„Oder mich umarmt?"

Er zog an ihrer Hand und schloss sie in seine Arme. „Mir wurde gesagt, dass ich gut umarmen kann."

„Das ist nicht gelogen", murmelte sie in sein Hemd.

Sich zu wünschen, dass er sie zu einer anderen Zeit oder an einem anderen Ort kennengelernt hätte, war nicht gut. Aber als er sie fest in seinen Armen hielt, war er sich absolut sicher, dass er auf sie warten würde, egal wie lange es dauern würde, bis sie frei war. Und wenn er jetzt anfing, wäre sie dann vielleicht auch so überzeugt wie er, dass hier in seinen Armen zu sein, das Leben war, das für sie beide bestimmt war.

KAPITEL NEUNZEHN

„Spielt der Ladys-Verein samstags nicht für gewöhnlich im Café Karten?" Die Arme voller Teller mit Törtchen, trat Toni die Tür mit dem Fuß zu.

„Normalerweise ja." Meg schloss die Tür mit der Hüfte. „Aber es wäre eine zu große Herausforderung gewesen, die Kuchenprobe im Silver Spurs zu machen."

Das stimmte. Die Küche im Café war Frank Carters Territorium. Der Kerl war so schroff und mürrisch wie ein Wachhund auf dem Schrottplatz und würde seinen Platz nur widerwillig mit ihr teilen.

„Danke, dass du den ganzen Weg hier raus mitgekommen bist."

„Da du und ich die einzigen Leute sind, die aktuell in der Stadt wohnen, war es nur sinnvoll, dass wir hierher fahren, anstatt alle anderen zu uns kommen zu lassen." Wie jeder andere im Rinder-Territorium klopfte sich Toni den Staub von ihren neuen Stiefeln, bevor sie das Haus betrat. Seit sie sich entschieden hatte, in Tuckers Bluff zu bleiben, hatten Meg und ihre neuen Freundinnen angefangen, sie langsam von einem Stadtmädchen in eine abgeänderte Version eines Mädchens vom Lande zu verwandeln. Die erste Transformation waren zwei Paar Jeans von den Schwestern gewesen. Becky und Meg hatten sie am Mittwoch nach der Arbeit praktisch dorthin gezerrt und die Schwestern hatten ihr aufgeregt und lachend eine Jeans nach der anderen gereicht. Nicht die lächerlich teuren Modestatements, die sie in Boston gefunden hätte, sondern die Art, die Rancharbeiter trugen. Die letzten paar Tage hatte sie sich wirklich gefühlt, als würde sie nach Texas gehören.

D.J. kam die gerade die Treppe herunter, als die zwei Frauen vorbeigingen. In einer schnellen Bewegung packte er die Griffe und nahm das Tablett an sich, ohne langsamer zu werden. „Du solltest nicht so schwer tragen.“

„Es ist nicht schwer.“ Sie wollte ihm das Tablett wieder abnehmen, als er zwinkerte und weiterging. Sein stures Beharren lag sicher an ihrer Schwangerschaft. Das hätte sie nicht überraschen sollen, bis jetzt waren alle Farraday-Männer, die sie kennengelernt hatte, der Inbegriff von Ritterlichkeit und guten Manieren.

Nur Adam, Meg, D.J. und natürlich Brooks wussten von ihrer Schwangerschaft. Der Rest der Stadt, inklusive Mr. Farraday und Tante Eileen, dachten, sie bliebe nur hier, bis ihr Mann aus Übersee zurückkehrte und um Meg bei der Fertigstellung des Bed-and-Breakfasts zu helfen.

„Wie sind die Stiefel?“ Brooks stand direkt vor ihr.

„Du hattest recht. Die passen wirklich gut.“ Sie konnte immer noch nicht glauben, dass diese spitzen Stiefel bequemer waren als ihre liebsten Laufschuhe.

Seit gestern fühlte sich Nora wieder fit genug, um zu arbeiten. Mit einem dieser Roller, auf denen sie ihr Bein hochlegen konnte, war sie fast so mobil wie mit zwei gesunden Füßen, weshalb Toni zuhause blieb und verschieden Törtchen für die Kuchenprobe backte.

Brooks lehnte sich leicht vor und eine Sekunde lang hielt sie die Luft an, weil sie dachte, er würde sie küssen. „Wie geht es dir?“

„Gut." So nahe vor ihm stehen, brachte sie keine zwei zusammenhängenden Worte heraus.

Seine Stimme wurde leiser. „Du siehst aus, als gehörtest du hierher."

„Danke?" Sie war sich nicht ganz sicher, doch der Art nach, wie er lächelte, schien das etwas Gutes zu bedeuten.

„Hey", rief D.J. aus der Küche. „Pause ist vorbei."

Brooks verweilte noch einen Augenblick und selbst als er zurückwich blieben seine Augen auf ihren, bis er sich umdrehte, seinen Hut aufsetzte und seinem Dad und seinen zwei Brüdern hinaus folgte.

„Wohin gehen sie?", fragte Toni so zwanglos, wie sie konnte, wenn man bedachte, wie nervös sie dieser bloße Blick zurückgelassen hatte.

„Sie geben den Kälbern Brandzeichen und impfen sie dann. Heute Morgen haben sie sie von ihren Müttern getrennt. Dann haben sie Mittag gemacht und jetzt geht es wieder zu den Gehegen." Tante Eileen teilte die Törtchen bereits auf kleine Teller auf. „Wie viele Sorten dürfen wir aussuchen?"

„Ich denke, vier wären gut." Meg neigte ihren Kopf zur Seite. „Was meinst du?"

„Ich denke, es ist eine brillante Idee, kleine Törtchen, statt Kuchen zu servieren."

„Nun", Toni gesellte sich zu den Damen an dem mit Desserts vollgestellten Tresen, „ich backe trotzdem noch eine Torte zum Anschneiden."

„Zum Anschneiden?", wiederholte Ruth.

„Etwas mit Deko, das Braut und Bräutigam anschneiden und sich gegenseitig in den Mund schieben können. Das ist eine Tradition, auf die sich viele Leute freuen."

„Das stimmt", sagte Tante Eileen. „Und es ist lieb von dir, dass du das ganze Backen übernimmst."

„Absolut." Meg drehte sich um und schenkte ihrer

Freundin ein breites Lächeln. „Ich konnte mich einfach nicht überwinden, extra eine Torte aus Butlers Springs zu bestellen. Und auch wenn ich weiß, dass Franks Kuchen wirklich gut sind, sind die hier einfach fantastisch."

„Klopf, klopf." Sally May Henderson kam herein. Ihr Deutscher Schäferhund Rabb wackelte neben ihr aufgeregt mit dem Schwanz und schnüffelte mit der Nase in der Luft herum, doch er blieb brav an der Seite seiner Herrin. „Nur zu", sagte sie zu dem ungeduldigen Hund. „Aber halte dich von den Hasen fern." Der Hund stürmte an allen vorbei, setzte sich schwanzwedelnd vor die Hintertür und wartete ungeduldig darauf, dass jemand sie öffnete.

Meg ging hinüber, kraulte Rabb am Ohr und öffnete dann die Tür, um ihn hinauszulassen. „Wow, ist der schnell. Wo will er hin?"

„Zu den Gehegen. Er schaut sich an, was los ist und kommt dann irgendwann wieder."

„Wirklich?"

Sally May nickte. „Er ist kein Hütehund, aber er denkt gerne, dass es sein Job ist, auf die Kühe aufzupassen, wenn wir zu Besuch sind."

„Sean sagt, Rabb hat ziemlich gute Instinkte. Es ist schwer, diesen Hüte-Trieb loszuwerden, der diese Rasse über Generationen hinweg angezüchtet wurde."

„Klingt in etwa wie das Ranch-Leben in Texas." Tante Eileen blickte zum Fenster hinaus in die Richtung, in die die Männer geritten waren. „Selbst jetzt, wo die Jungs ihr eigenes Leben und andere Berufe haben, kommen sie, wenn es viel zu tun gibt, samstags hierher, um auf der Ranch zu helfen."

„Ja. Manchmal fühle ich mich schlecht, weil Rabb keine Aufgabe hat, die ihn beschäftigt." Sally May lächelte. „Abgesehen davon, auf mich aufzupassen, weshalb er auch bald zurück sein wird."

Eileen hob ihre Hände gen Himmel. „Und Gott weiß, dass es ein Vollzeitjob ist, dich von Ärger fernzuhalten."

„Hmm." Sally May ignorierte ihre langjährige Freundin, doch Toni konnte das Lächeln sehen, dass die beiden Frauen verbargen. Die kannten vermutlich jedes Geheimnis und jede Sünde der anderen. Nicht dass Toni sich vorstellen konnte, dass Tante Eileen eine Sünde begehen könnte. Sie blickte die beiden an und dachte, dass in vielleicht Zwanzig Jahren sie und Meg das sein könnten, wenn das Schicksal es so wollte.

„Okay." Tante Eileen klatschte in die Hände. „Ich habe im großen Zimmer alles fürs Spiel vorbereitet. Wir können das alte Buffet für die Kuchenproben benutzen, damit wir nicht dauern hin und her rennen müssen."

Alle Köpfe im Raum nickten.

„Sobald Dorothy ankommt, sind wir bereit anzufangen. Und auf dem Buffet steht schon eine Erdbeerlimonade bereit."

„Klingt gut." Meg nahm zwei Teller. „Welche Geschmacksrichtungen sind das?"

„Das wäre Banane mit Butterscotch-Glasur und Schokolade mit Minz-Glasur." Toni schnappte sich einen weiteren Teller. Das hier ist meine Lieblingssorte, Mandel mit weißer Schokolade."

Die Tür schwang auf und Dorothy polterte über den Parkettboden. „Sorry, wir sind zu spät."

„Keine Sorge." Tante Eileen schnappte sich einen Stapel Teller und Servietten. „Wir bringen gerade alle Kuchenproben zum Buffet."

Dorothy hängte ihre Jacke an den Garderobenständer. „Wie ist der Plan?"

„Wo ist Becky?" Eileen hielt inne und blickte zur Tür.

„Sie wollte Trigger schnell begrüßen. Danach hat

sie es mit Kelly ausgemacht. Wenn wir fertig sind holt sie mich wieder ab.“

„Trigger?“, wiederholte Toni.

„Das ist Ethans Pferd“, antwortete Eileen seufzend.

Toni blickte von Tante Eileen zu Meg, doch Dorothy war diejenige, die ihr die Antwort gab. „Meine Becky ist seit der Grundschule in Ethan verliebt.“

Eileen nickte. „Sie ist eine von Grace‘ besten Freundinnen, weshalb sie oft hier war, als sie noch klein war. Aber leider sieht Ethan sie nur als weitere kleine Schwester.“

„Ich hatte gehofft“, fing Dorothy an, „dass sie ihn vergessen und sich anderweitig umsehen würde, als er zu den Marines ging.“

„Sie sagt, es wäre nichts weiter gewesen als eine kurz Verliebtheitsphase in der Schule“, Eileen schüttelte den Kopf, „aber sie erstrahlt immer noch, sobald irgendjemand seinen Namen erwähnt. Ich habe nie gesehen, dass sie mehr als ein paarmal mit irgendjemandem ein Date hatte. Wenn ich diesem Jungen etwas Verstand einbläuen könnte, würde ich es tun. Etwas Besseres als Becky könnte ihm nicht passieren.“

„Amen“, stimmte Sally May zu, während sie sich eines der orange glasierten Törtchen schnappte. „Mmm. Das ist so saftig. Vanille mit einem Hauch … Ich komm nicht drauf, die orangene Glasur ist so lecker … Was ist das?“

„Oh.“ Toni lächelte. „Jedes hat eine andere –“

„Geheime Zutat“, unterbrach Meg. „Und wir sagen sie euch, sobald ihr die ausgesucht habt, die euch am besten schmecken.“

Sally May zuckte mit den Achseln und schob sich den Rest des runden Törtchens in den Mund. „Ich bin wirklich froh, dass du noch eine Zeit lang bei uns bleibst.“

„Oh mein Gott", Dorothy zeigte den letzten Bissen ihrer schokoladenbedeckten Köstlichkeit herum. „Was ist das?"

„Brombeere", sagte Toni strahlend. Meg hatte sie ermutigt, mit neuen Kombinationen zu experimentieren. Da sie erst gedacht hatte, dass sie niemand mögen würde, war sie jetzt erleichtert und überglücklich. Nach allem, was in ihrem Leben in den letzten Jahren schiefgegangen war, schien jetzt alles richtig zu laufen. Sie blickte auf ihre Stiefel hinab und spürte, wie ihre Mundwinkel nach oben wanderten.

„Wie stehen die Chancen, deinen Ehemann dazu zu bekommen, nach Texas zu ziehen?" Ruth Ann griff nach einer weiteren Kostprobe und Toni stockte der Atem.

Erneut blickte sie auf ihre neue Errungenschaft, ein Geschenk von Brooks. Dann blickte sie aus dem Fenster, betrachtete das Farraday-Land und schüttelte den Kopf. *Nur über ihre Leiche.*

Brooks war einfach nicht bei der Sache. Nicht in all den Jahren, seit er auf der Ranch arbeitete, war er nicht so oft von strampelnden Kälbern getreten worden wie heute.

„Du lässt nach, großer Bruder." D.J. gab ihm einen Klaps auf die Schulter. „Es sind nur noch ein paar. Warum hilfst du Dad nicht, die Pferde auf den Anhänger zu laden? Finn und ich machen das hier fertig."

„Keine schlechte Idee." Er zog seine Handschuhe aus und steckte sie in seine Gesäßtasche.

„Und verärgere die Stuten nicht. Nicht dass du von denen auch noch getreten wirst."

„Ha-Ha." Brooks konnte nicht viel mehr sagen. D.J. hatte vermutlich recht. Sein Kopf war zu sehr damit beschäftigt, an den gestrigen Einkaufsbummel mit Toni zu denken. Keine gute Idee, wenn man es mit mehreren hundert Kälbern zu tun hatten, von denen jedes mindestens zweihundert Pfund wog. Aber der Ausdruck auf ihrem Gesicht, als sie den Western-Laden betraten ging ihm nicht aus dem Kopf. Noch nie hatte er so große überraschte Augen gesehen. Obwohl es vermutlich Sinn ergab. Wie viele Stadtmädchen kaufen schon in einem Laden ein, wo über fünfzig Sättel ausgestellt sind und es genug Western-Bedarf gab, um jeden Cowboy im Staat neu einzukleiden.

Am Donnerstag hatte sie beim Mittagessen in seinem Büro erzählt, dass es bei den Schwestern nicht viel Auswahl an Cowboystiefeln in ihrer kleinen Größe gab. Bevor er genauer darüber nachgedacht hatte, hatte er auch schon angeboten, mit ihr zu Murphy's Saddle Shop and Western Store außerhalb von Butlers Springs zu fahren. Da Nora seit Freitag wieder halbtags arbeitete und sein Terminplan nicht so voll wie üblich gewesen war, hatte es nach der perfekten Gelegenheit ausgesehen.

„Alles verladen." Sean Farraday machten den Anhänger zu. „Nicht dank dir. Wo ist dein Kopf heute?"

In Butler Springs mit Toni, war nicht die Antwort, die sein Vater hätte hören wollen. „Zurzeit ist viel los. Sorry."

„Hm."

Auch wenn Sean Farraday sich seinen Sohn nicht zur Brust nehmen würde, weil er die Freundin seiner zukünftigen Schwägerin zum Stiefelkaufen begleitet hatte, würde er es sehr wohl tun, wenn er wüsste, dass Brooks heute ständig daran gedacht hatte, wie gut ihr Hintern doch in diesen figurbetonten Jeans ausgesehen hatte. Und er hatte versucht, nicht darauf zu achten. Ein paarmal war sie so süß gewesen, dass er vergessen hatte, dass sie auch verdammt heiß aussah. Und da sie vom zugeknöpften Kragen bis zu den Stiefelspitzen bekleidet gewesen war, ergab das gleich noch weniger Sinn.

„Was denkst du?", hatte sie gefragt, als sie auf ihr neues Paar spitz zulaufender Stiefel geblickt hatte, die eher aussahen, als gehörten sie an einen Weihnachtself als an einen Rancher.

„Wenn dein Ziel ist, dazu zu passen, dann sind die wohl nicht die beste Wahl." Auf ihre Unterlippe beißend blickte Toni wieder hinab. Brooks musste seine Hände tiefer in die Taschen schieben und einen Schritt zurückmachen, um sich davon abzuhalten, sie in die Arme zu schließen und selbst an dieser verlockenden Unterlippe zu knabbern. *„Lass uns die hier versuchen."*

Sie hatte einen Blick auf das Preisschild geworfen und schüttelte den Kopf.

„Lass mir meinen Willen", widersprach er.

„Keine gute Idee."

„Bitte."

Mit dem Hauch eines Lächelns auf den Lippen, die ihre babyblauen Augen erstrahlen ließen, schnaubte sie und setzte sich auf die Bank. Sie tauschte diese über-triebenen Böse-Hexe-des-Westens-Stiefel gegen die butterweichen, hochwertigen Markenstiefel mit modifizierter Zehenkappe, die er ausgesucht hatte.

„Oh, wow." Sie stand auf und wippte vor und zurück. Dann machte sie ein paar Schritte zurück und blickte ihn mit einem strahlenden Lächeln an. „Die fühlen sich wirklich gut an."

Mit verschränkten Armen an einem Regal lehnend, in dem Stiefel jeder Marke, jedes Designs und fast jeder Farbe auf Gottes weiter Welt standen, wartete Brooks noch etwas, bis sie den Gang auf und ab stolziert war und sich überzeugt hatte, dass seine Wahl perfekt war.

Als sie vor ihm stehen blieb, verschwand ihr Lächeln. „Die kosten dreimal so viel wie die anderen." Sie schüttelte den Kopf. „Das geht nicht. Nicht jetzt."

„Die gehen auf mich."

„Das kann ich dich nicht machen lassen." Eine parallele Reihe von Falten tauchte zwischen ihren Augenbrauen auf, bevor sie sich auf die Bank fallen ließ und an einem der Stiefel zog. „Das ist absurd."

„Es gibt einen Grund, warum fast jeder in diesem Teil des Landes Stiefel trägt. Abgesehen davon, dass sie deine Füße warm und trocken halten, sind sie wirklich gut darin, den Matsch und Dreck und Staub abzuhalten, der von Fort Worth bis New Mexico überall zu finden ist."

„Das ist egal." Sie riss sich den zweiten Stiefel herunter. „Ich werde nicht so lange hier sein, dass ich das alles brauche."

Selbst als sie sie wieder ins Regal stellte, verweilten ihre Finger etwas länger als nötig an der Gravur am Ansatz der beigen Stiefel. Sie waren perfekt für sie. Ein kleines Kunstwerk, das ihre norditalienische Schönheit widerspiegelte. Eine neutrale Farbe, für ihre Bescheidenheit. Qualitative Handarbeit für die Aufmerksamkeit, die sie verdiente.

Brooks wusste, dass er schnell handeln musste. Sehr schnell. Gerade wusste er nur, dass er derjenige war, der ihr helfen wollte, ihr Lächeln zurück auf ihr Gesicht zu zaubern. „Ich schulde dir noch eine Entlohnung für die vier Tage Arbeit."

„Oh." Sie wirkte überrascht. „Ich habe doch nur geholfen."

„Ja. Und das bedeutet mir viel. Nora ist dankbar, dass sie sich keine Gedanken um mich und meine

Patienten machen musste und sie singt praktisch ein Halleluja, weil zum ersten Mal seit Jahren alle Bilanzen stimmen." Er machte eine Pause, damit sie darüber nachdenken konnte.

„Vielleicht." Ihr Blick sauste zu den Stiefeln und wieder zurück.

Er nutzte die Chance und kam näher. „Wenn du helfen darfst, warum darf ich dann nicht danke sagen?"

Erneut wanderte ihr Blick zu den Stiefeln und dann auf das Preisschild. „Das muss mehr als ein Wochenlohn sein."

Brooks zuckte mit den Achseln. „Gute Arbeit ist nicht billig. Und billige Arbeit –"

„Ist nicht gut." Sie lächelte ihn an. „Mein Vater hat das immer gesagt."

„Dann sind wir uns einig? Ich darf sie dir kaufen?" Er konnte spüren, dass sie schwankte, aber noch nicht überzeugt war. „Ein verfrühtes Geschenk zum Geburtstag?"

Sie kicherte und blickte auf die Stiefel.

„Und zu Weihnachten?", fügte er scherzhaft hinzu, bevor er ihr Kinn nahm und ihren Kopf zu sich drehte. „Ich hätte gerne, dass du sie nimmst, um dich an mich zu erinnern."

Sie blickte ihm in die Augen. Er konnte so viel Zärtlichkeit sehen, so viel Wärme. Er begehrte sie mehr als er je irgendjemanden oder irgendetwas in seinem Leben begehrt hatte. Sie neigte das Kinn und obwohl seine Finger es immer noch stützten und er senkte den Kopf und kostete ihre weichen, anschmiegsamen Lippen. In diesem Augenblick war ihm egal, wer in diesem Geschäft war, wer sie sah oder was irgendjemand denken oder sagen könnte.

„Willst du hier Wurzeln schlagen?" Finn hatte sich von hinten an ihn angeschlichen und schlug ihm auf die

Schulter. „Was auch immer es ist, vergiss es."

„Ja", murmelte er. Egal, was in den nächsten Monaten passieren würde, über eines war er sich sicher: Toni würde er nie vergessen. Niemals.

KAPITEL ZWANZIG

„Was zum –“ Sean Farraday blieb abrupt stehen und seine vier Söhne stoppten erschrocken hinter ihm.

„Was ist los?“, fragte Adam mit demselben besorgten Gesichtsausdruck wie seine drei Brüder.

Wenn nicht schallendes Gelächter in der Küche zu hören gewesen wäre, hätte Brooks gedacht, sein Vater hätte eine Leiche gesehen. Oder zwei. Brooks quetschte sich an den anderen vorbei in den Raum, um sehen zu können, was seinen Vater so hatte reagieren lassen. In der Küche sah es so aus, als hätten Kinder einen Backwettbewerb veranstaltet. Tabletts, Rührschüsseln und diverse Zutaten belagerten den Großteil der Arbeitsplatte und des Tisches. Aber was seinen Vater und seine Brüder so verdutzt hatte schauen lassen, waren die Flaschen, die an der Spüle standen. Bourbon, Whiskey, Brandy. „Heilige …“

„Eileen?“, rief Sean während er über eine Pfütze auf dem Boden stieg.

„Hier drin, Schatz.“

Schatz?

Erneut brach Gelächter im Wohnzimmer aus und Brooks und seine Brüder blickten ihren Vater an, der von der Antwort genauso verwirrt war, wie sie.

„Kennt ihr den über den Bäcker, den Banker und den Bettenmacher?“ Dorothy schlug eine Karte auf den Tisch. „Ich nehme eine.“

„Hängt davon ab, was er in dem Bett macht." Eileen teilte die Karte aus und lächelte ihren Schwager an. „Weißt du, was die Geheimzutat in Tonis Rezept ist?", quietschte sie.

Sean blickte über seine Schulter auf die Flaschen an der Spüle. „Ich habe eine Vermutung."

Toni kam aus der Toilette auf dem Gang und betrat den Raum. „Das alles tut mir wirklich leid. Ich habe ihnen gesagt, sie sollen nicht so viele der Proben essen."

„Hast du die", Brooks blickte auf die Menge an Tellern, auf denen nur noch ein paar Törtchen übrig waren, „Proben gegessen?"

„Natürlich nicht." Toni verdrehte die Augen.

„Full House, ich gewinne." Sally May legte ihre Karten aufgedeckt auf den Tisch.

„Oh, um Himmels Willen. Noch nicht, Sally May, Meg bekommt noch", Eileen hickste, „eine Karte."

Meg knabberte auf ihrer Unterlippe, um ein Lächeln zu verbergen. „Das passt schon. Ich bin raus."

„Ich denke, das gibt dem Begriff Happy Hour eine ganz andere Bedeutung", murmelte Finn vor sich hin.

Sean machte kehrt. „Ich setze eine Kanne Kaffee auf."

„Nicht nötig." Toni drehte sich zu ihm. „Das habe ich bereits gemacht. Sollte jede Minute fertig werden. Ich habe versucht, die Küche aufzuräumen, aber sie haben darauf bestanden, dass ich bleibe und spiele."

„Ich gebe", Dorothy sammelte die übrigen Karten vor sich zusammen und ließ sie mit einer Bewegung ihres Handgelenks fliegen. Bis über beide Ohren grinsend zuckte sie mit den Achseln. „Ups."

Adam kratzte sich am Hinterkopf und betrachtete die kichernden Frauen und das Durcheinander, das sie verursacht hatten. „Ich dachte, die Kuchen waren vorbereitet?"

Dorothy warf den Frauen am Tisch ihre Karten zu. „Waren sie, aber ich wollte, dass Toni mir zweigt, wie man sie macht."

„Nachdem die erste Fuhre weg war", erklärte Toni und sortierte ihre Karten.

„Wir brauchen wirklich ein paar dieser tollen Aromen, die sie benutzt", Eileen nahm eine Karte nach der anderen in die Hand. Nur ihr gelegentlicher Schluckauf verriet ihren angetrunkenen Zustand. „Besonders mag ich die Mimosa-Törtchen."

„Mimosa-Törtchen?", wiederholte Sean.

„Das wäre weißer Chardonnay mit Grand-Marnier-Topping." Toni lächelte süß und zuckte entschuldigend mit den Achseln. „Normalerweise verflüchtigt sich der Alkohol beim Backen, aber dieses Mal habe ich mit einer Tränke nach dem Backen experimentiert. Ich denke, das war etwas viel."

„Denkst du?", murmelte einer der Brüder von hinten.

Sally Mays Hund lag mit ausgestreckten Vorderläufen und gespitzten Ohren da und knurrte die Vordertür an.

„Was ist mit ihm los?" Adam näherte sich im langsam.

„Ach, ignorier ihn." Sally May winkte Adam mit einer Karte. „Das macht er schon ein paar Stunden so, seit er von den Gehegen zurück ist. Wahrscheinlich eine Schlange im Garten oder ein Fuchs im Hühnerstall."

Ich sage es dir nochmal", Eileen warf zwei Chips in die Mitte, „wir haben keinen Hühnerstall."

„Was auch immer." Sally May winkte wieder mit der Karte und schwankte besorgniserregend am Rand ihres Stuhls.

„Ich bringe euch besser mal den Kaffee", sagte Sean und marschierte in die Küche.

„Ich würde sagen, du solltest besser duschen." Eileen warf noch zwei Chips in den Pot.

„Ich denke, du hast bereits erhöht", sagte Toni leise.

„Das passt schon so, Süße." Eileen grinste. „Das ist nur Spielgeld. Und ihr da hinten stinkt wie ein Kuhgehege. Entweder ihr wascht euch oder ihr geht heim und verpestet eure eigenen Häuser."

„Da fällt mir ein." Dorothy warf ihre Chips in die Mitte und fing an zu singen: „Da gab's den alten Fred, der lag so viel im Bett, doch schlief er nicht, schockschwere Not, der alte Fred war tot!"

„Oh, der ist gut!" Sally May stiegen die Tränen in die Augen, so sehr lachte sie.

D.J. lehnte sich zu seinem Bruder. „Was hat das damit zu tun, dass wir nach Rindern riechen?"

„Da bin ich überfragt." Finn zuckte mit den Achseln. „Aber ich habe das Gefühl, dass dieser lange Tag noch länger werden wird. Ich dusche schnell und dann übernehme ich das mit dem Kaffee, wenn ich zurück bin.

„Ich wollte eigentlich erst zuhause duschen, aber ich denke, ich werde mich hier waschen und bleiben, falls ihr mich braucht", fügte D.J. hinzu.

„Was?" Finn studierte ihn. „Du denkst, vier erwachsene Männer sind nicht genug, um ein paar angedudelte Frauen im Zaum zu halten?"

D.J. blickte von einem Bruder zum nächsten und dann zu den Frauen, die am Tisch immer noch lachten und schrien, und dann wieder zum Baby der Familie. „Nein."

Dreck und Staub und meilenweit nichts. Warum würde

irgendjemand bei klarem Verstand auch nur einen einzigen Tag hier verbringen wollen, ganz zu schweigen davon, in West-Texas zu leben?

Das Fernglas auf die Fenster des großen Ranch-Hauses gerichtet, folgte William jeder Bewegung seiner Frau. Er hatte zwei gottverdammte Tage gebraucht, um vom anderen Ende der Welt zurück nach Boston zu reisen. Antoinette hatte wirklich gedacht, er wäre noch dort, als er sie angerufen hatte. Mit den Scheidungspapieren in den Händen, hatte er nicht lange gebraucht, um ihren Aufenthaltsort ausfindig zu machen. Seine Leute waren sehr gut darin, alles und jeden zu finden, den er brauchte oder wollte.

Schlaf war irrelevant gewesen. Nachdem er in Dallas gelandet war, war er sofort in diese Zeichentrickstadt mitten im Nirgendwo gefahren und hatte seine Frau gefunden. Bei der Arbeit. In einer Arztpraxis. Wo sie scheinbar auch Doktor spielte.

Wem dachte sie, machte sie etwas vor? Stiefel und Hüte kaufen und mit dem Landarzt anbandeln. Ihren Ehemann vor Gott und den Kunden – und ihm – betrügen. Es war an der Zeit, dem ein Ende zu setzen. Antoinette gehörte ihm und niemandem sonst. Es hatte Jahre gedauert, sie zu der Frau zu formen, die er wollte. Sie war sein und er würde sie wieder mit nach Hause nehmen. Und genau wie Nancy würde er seiner Frau eine Lektion erteilen, die sie nie vergessen würde. Nie wieder würde ihn noch eine Frau betrügen.

Er bewegte sich näher in Richtung Haus und behielt sie und die verrückten Frauen, mit denen sie zusammen war, im Auge. Genug war genug. Er wollte nach Hause und in seinem eigenen Bett schlafen. Er hatte mehr als genug erfahren. Fast an der Vordertür hörte er männliche Stimmen und zog sich hinter einen Baum zurück. Er hatte keine Angst, sich einem Raum voller Frauen zu stellen, doch er war nicht in der

Stimmung, sich mit ihrem neuen Spielzeug anzulegen.

Verdammt, er wollte hier weg. Wenn er noch länger hier warten musste, dann in der Behaglichkeit seines Mietwagens. Als er sich umdrehte, hörte er ein leises Knurren, bevor er das fellige graue Tier erblickte, das zähnefletschend in der Ferne wartete.

Auf halbem Weg zwischen ihm und dem Auto. Und es kam näher. Zu weit weg von dem Tier entfernt, um zu erkennen, ob es ein Hund oder ein Wolf war, aber nahe genug, um zu sehen, dass seine Zähne messerscharf waren, blieben William nicht viele Optionen. Auf den Baum klettern, was er schon als Kind nicht besonders reizvoll gefunden hatte. Zum Wagen zu sprinten und riskieren, zerfleischt zu werden. Den Rest des Weges zum Haus zu laufen und den vier ausgewachsenen Cowboys entgegenzutreten. Überraschenderweise wirkte die letzte Option plötzlich nicht mehr so abschreckend, wie noch vor ein paar Augenblicken. Schließlich war Antoinette seine Frau. Er hatte jedes Recht, sie mit nach Hause zu nehmen. Ob es ihr gefiel oder nicht.

„Rabb, wieso bist du denn so aufgedreht?" Sally May schob sich vom Tisch weg.

Der für gewöhnlich so freundliche Hund, der zuvor nur geknurrt und die Tür angestarrt hatte, war jetzt auf den Beinen, kläffte und bellte und schnappte nach dem Türknauf.

„Um Gottes Willen, es ist doch nur eine blöde Schlange", fuhr Sally May fort.

Mit einem Schnauben erhob sich Eileen von ihrem Platz. „Vermutlich wieder dieser verdammte Berglöwe. Das Einzige, was einen Hund so durchdrehen lässt, ist eine Katze.“

„Berglöwe?“, sagten Toni und Meg zeitgleich.

Toni hätte sich denken können, dass in diesem gottesfürchtigen Fleckchen Land alle von Gottes Kreaturen anzutreffen waren. Selbst solche mit großen Fangzähnen und üblen Fressgewohnheiten.

„Ich kümmere mich darum.“ Eileen sperrte einen großen Holzschrank auf und holte ein Gewehr hervor.

Meg und Toni blickten einander an und dachten zweifellos dasselbe. Das hier war Viehzucht-Land. Waffen zu besitzen war hier nichts Ungewöhnliches. Und große Katzen zu verjagen war vermutlich auch nichts Besonderes. Aber trotzdem …

„Ich halte dir besser den Rücken frei, nur für den Fall.“ Sally May folgte ihrer Freundin, holte ein weiteres Gewehr, lud es durch und packte Rabb am Halsband. „Ruth Ann, halt Rabb bitte fest. Ich will nicht, dass er sich mit irgendeiner Großkatze anlegt.“

Sofort rannte Ruth Ann herbei und schnappte sich den Hund.

„Beeilt euch“, rief Dorothy. „Die Karten werden kalt.“

„Sollten wir nicht Mr. Farraday holen?“ *Oder einfach nur die Tür versperren?* Toni verstand nicht, warum sie die Einzige war, die sich wegen zwei angetrunkenen Frauen mit geladenen Waffen Sorgen machte.

„Ne“, antwortete Dorothy, „die Jungs waschen sich gerade. Außerdem ist Eileen eine bessere Schützin als Sean.“ Dorothy lehnte sich über den Tisch und schnappte sich das letzte Mimosa-Törtchen.

Da der Hund nun sicher verwahrt war, stürmten Eileen und Sally May wie zwei Revolverhelden am O.K. Corral Seite an Seite auf die Veranda und Toni rannte in Richtung des Gästezimmers, in dem Brooks zum Duschen verschwunden war.

Sie hatte nicht realisiert, wie laut ein Gewehrschuss sein würde. Der erste ließ ihre Ohren klingeln. Der zweite, der unverzüglich folgte, ließ ein Trampeln im ersten Stock ertönen. Beim dritten und vierten Schuss stürmten die Männer die Treppe herunter. Mit tropfenden Haaren und nur mit einem Badetuch bekleidet kam Brooks den Gang entlang gerannt.

Dorothy legte ihre Karten beiseite, steckte ihre Finger zwischen die Lippen und pfiff laut. Brooks stoppte abrupt und Toni verschluckte fast ihre Zunge. Guter Gott standen Badetücher diesem Mann gut.

„Nimm das, du blödes Vieh", jubelte Eileen praktisch, bevor sie einen weiteren Schuss abfeuerte.

„Frau, was zum Teufel machst du?" Sean Farraday, immer noch in Arbeitsklamotten, war der erste, der unten ankam und vor seiner Schwägerin stehen blieb. „Gib mir das."

„Der Berglöwe ist wieder da." Eileen händigte ihre Waffe aus und verschränkte die Arme.

„Wo?" Die Waffe vom Haus wegrichtend blickte Sean in Richtung Horizont.

„Was zum Teufel?" D.J. steckte sein Hemd in die Hose und ging zu seinem Vater, dicht gefolgt von Finn. Adam, der draußen im Stall nach den Tieren gesehen hatte, kam durchs Haus gerannt.

Ein weiterer Knall ertönte und Sean riss seinen Kopf zu Sally May, die ihr Gewehr mit einer Hand in die Luft hielt. „Schau mich nicht so an, ich habe nur zweimal abgedrückt. Das war genug, um zu verjagen, was auch immer Rabb so aufgescheucht hatte."

Sie drehte sich um und sah, dass der Hund immer noch in Alarmbereitschaft neben Ruth Ann stand. Seine Ohren waren gespitzt, sein Schwanz regungslos und seine Zähne entblößt. „Bist du sicher, dass der Berglöwe zurück ist?"

„Wenn du meinst, ob ich ihn gesehen habe, dann

nein." Eileen deutete mit dem Daumen über die Schulter. „Aber Rabb hat etwas gehört. Ein Paar Schüsse in den Himmel könnte einen Bären verjagen, wenn es die hier gäbe."

D.J. nahm Sally May das Gewehr ab und folgte seinem Vater auf die Veranda. Ohne ein Wort zu sagen, drehten sich Finn und Brooks um und holten sich ebenfalls zwei Gewehre aus dem Schrank und gingen nach hinten. Adam nahm Brooks das Gewehr aus der Hand und blickte auf das Badetuch um seine Hüften. „Du ziehst dir besser eine Hose an. Ich überprüfe die Scheune."

„Gut, dass ihr keinen Hühnerstall habt." Dorothy war auf den Beinen und nahm sich das letzte der Brombeer-Cabernet-Törtchen. Toni war sich nicht sicher, ob das nur ein ganz normaler Tag auf der Ranch für die alte Frau war, oder ob man ihr die Törtchen wegnehmen sollte.

„Ach, Eileen." Sean senkte die Waffe und seine Augen blickten nach links. „Gut, dass du in die Luft geschossen hast. Aber du weißt, was nach oben steigt, kommt auch wieder herunter. Wir haben Glück, dass es keine Kugeln regnet." Er zeigte auf den großen Baum vor dem Haus. „Es ist nur ein Hund."

„Ein Hund?", murmelte Finn.

Alle Köpfe drehten sich, um sicherzustellen, dass Rabb immer noch an Ruth Anns Seite war. Adam war ins Haus zurückgekommen und stellte sein Gewehr wieder in den Waffenschrank. „Ich sehe besser nach dem Hund."

Sean nickte.

„Wir müssen noch die restlichen Bäume überprüfen." D.J. zeigte auf einen heruntergefallenen Ast. „Wenn die paar Schuss diesen Zweig abbrechen ließen, haben wir vielleicht Termiten."

„Die Dürre könnte auch schuld sein."

„Ich dachte, die Dürreperiode ist vorbei." Meg kam durch die Vordertür heraus, um sich umzusehen.

„Ist sie. Aber das bedeutet nicht, dass sie keinen Schaden verursacht hat." Adam küsste seine Verlobte auf die Wange und ging an ihr vorbei. „Ich muss da raus. Sehen, wessen Hund das ist."

„Du denkst doch nicht ...", fragte sie ihn.

„Liebling, es ist Monate her." Er küsste sie auf die Stirn. „Wenn ich meine Tasche brauche, sage ich Bescheid."

Meg nickte und Toni ging zu ihrer Freundin. Sie wollte aus der Nähe sehen, was los war, aber war immer noch etwas nervös wegen der Schüsse.

„Ich frage mich", Meg ging auf die Veranda und stellte sich neben Eileen und Sally May.

Neben ihr kam Toni zum Stehen und blickte in die Richtung, in die alle zeigten. Ein mittelgroßes felliges Tier blickte den abgebrochenen Ast finster an und knurrte.

„Das ist er", riefen Toni und Meg zeitgleich.

„Er?" D.J. drehte sich um.

„Der Hund", ertönte im Einklang.

„Du hast diesen Hund auch gesehen?", fragte Meg.

Toni nickte. „In der ersten Woche, in der ich hier war. Er war auf der Straße."

Brooks stellte sich hinter sie, legte seine Hände auf ihre Schultern und blickte zu Adam, der sich langsam und mit beruhigenden Worten dem knurrenden Hund näherte. „Ja. Das ist er."

„Du hast ihn auch gesehen?" Meg blickte von ihrer College-Freundin zu ihrem zukünftigen Schwager.

„Man könnte sagen, wir haben uns wegen dem Hund kennengelernt."

„Wirklich?" Meg zog eine Augenbraue hoch und wandte ihren Blick wieder Adam zu. „Ich denke, über Adam und mich kann man dasselbe sagen."

„Wirklich?" Toni blickte den Hund an. „Er war so süß, als ich ihn das erste Mal sah. Denkst du, er ist schwer verletzt? Würde er deshalb knurren?"

Brooks drückte ihre Schultern in einer beruhigenden Geste. „Falls ja, wird Adam sich gut um ihn kümmern."

Alle Augen auf ihn gerichtet, war Adam etwa auf vier bis fünf Meter an das Tier herangekommen, als der Hund laut bellte und weiter zurückwich.

„Oh nein." Toni sprang vor. „Er entkommt wieder."

„Warte. Gib Adam eine Chance", bekräftigte Brooks.

Adam bückte sich und rief den Hund. Der große Kerl machte Sitz und bellte erneut. Langsam ging Adam weiter und stoppte. Dann machte er ein paar große Schritte und bückte sich erneut. Nur dieses Mal rief er den Hund nicht, sondern griff nach vorne und schüttelte den Kopf. „Houston, wir haben ein Problem."

KAPITEL EINUNDZWANZIG

Das letzte, was Brooks erwartet hatte, war, auf der Ranch eine Leiche zu finden. Er wischte sich die Hände ab und stand auf. „Genickbruch. Nichts, was man noch tun könnte."

„Wer zum Teufel ist das?" Immer noch zusammengekauert blicket Adam seinen Bruder an. „Und warum zum Teufel hat er sich hinter diesem Baum versteckt?"

Als Brooks Platz gemacht hatte, konnte D.J. endlich einen Blick auf das Gesicht werfen. „Oh, scheiße."

„Oh scheiße, was?" Adam drehte sich zu seinem Bruder. „Ist eine Leiche in unserem Garten nicht schon schlimm genug?"

„Das ist Tonis Ehemann."

„Was?" Brooks sah sich den Kerl noch einmal an. „Er sollte doch im Nahen Osten sein. Bist du sicher?"

D.J. nickte. „Ja. Brooklyn hat mir einen Bericht mit allem geschickt, was er über den Kerl gefunden hatte, inklusive eines Fotos. Das ist er." D.J. stand auf und blickte auf die überhängenden Äste. „Du sagst also, Tod durch Ast?"

„Offiziell ist die Todesursache Genickbruch. Das ist kein typischer Unfall. Wir brauchen eine Autopsie, um es zu bestätigen."

„Warte." Adam stand neben seinen zwei Brüdern und sah sich den abgebrochenen Ast an. „Wird das keine Konsequenzen für Tante Eileen haben? Ich meine, ihr Gewehr …"

D.J. schüttelte den Kopf. „Es ist ja nicht so, als hätte sie auf ihn geschossen. Das hier ist Weideland, hier werden Waffen benutzt. Unter normalen Umständen hätten ein paar Schüsse in die Luft, um ein Tier zu vertreiben, keinen solchen Schaden angerichtet. Nenn es einfach eine Verkettung unglücklicher Ereignisse. Zustand des Asts, ein paar Kugeln und dieses Arschloch, das genau am richtigen Fleck stehen musste."

Adam blickte sich nach einem Anzeichen für den Hund um. „Ich frage mich, ob er das war?"

„Er?", fragte Brooks.

„Der Hund auf der Straße in jener Nacht, in der ich Meg kennengelernt habe."

„Das kann gut sein." D.J. blickte sich ebenfalls um. „Er ist gut darin, spurlos zu verschwinden."

„Unter anderem." Brooks blickte zu dem Toten hinab und ihm lief ein Schauer den Rücken hinunter. Plötzlich wirkte Tonis zukünftiger Ex-Ehemann noch verrückter und gefährlicher als Brooks gedacht hatte. Sie durchs halbe Land zu verfolgen. Ihr auf dem Land seiner Familie hinterher zu spionieren. Wie lange war er ihr schon gefolgt? Hatte er das Land wirklich verlassen? Was hätte er mit ihr gemacht? Zu viele grauenvolle Fragen mit noch grauenvolleren Antworten. „Wir bringen ihn besser in die Scheune. Ich rufe Andy an. Er kann ihn auf Eis legen, bis der Gerichtsmediziner ihn abholen kann."

„Geht es den Ladys wirklich gut?", fragte Adam noch einmal.

„Ich kann es wirklich nicht sagen." D.J. blickte seinen Bruder finster an. „Aber sie sind hart im Nehmen. Ich rede besser mit Toni."

Brooks hielt seinen Bruder am Arm fest. „Lass

mich."

„Sie muss ihn identifizieren."

„Ich weiß." Brooks atmete tief ein und ging hinüber zum Haus. Das war nichts, auf das er sich freute.

Als erstes lief er seinem Vater und Finn in die Arme.

„Was ist passiert?", fragte sein Vater.

Die Schüsse haben einen morschen Ast getroffen. Er ist auf Tonis Ehemann gelandet. Genickbruch."

Mit ihren geweiteten Augen sahen sein Vater und sein Bruder wie Eulen aus.

„Ich erkläre es euch später. Ich muss mit ihr reden."

Im Haus warteten Meg und Toni auf Nachrichten über den mysteriösen Hund, während die anderen Damen wieder am Tisch saßen und ihr Kartenspiel wiederaufgenommen hatten.

„Geht es dem Hund gut?", fragte Toni.

„Wahrscheinlich. Sobald wir dort ankamen ist er abgehauen, aber meiner Einschätzung nach, sah er gesund aus."

„Kein Humpeln?", fragten beide Frauen.

Brooks schüttelte den Kopf. „Kein Humpeln. Aber wir müssen reden", sagte er zu Toni.

„Okay."

„Unter vier Augen. Lass uns zur Scheune gehen." Er legte seine Hand auf ihr Kreuz und führte sie zur Küche, wo er seiner Tante zurief: „Ich zeige Toni ein paar der Pferde." Er wartete nicht auf eine Antwort und ging weiter.

„Wie weit ist es bis zur Scheune?"

„Nicht sehr weit. Weit genug, dass wir die Tiere nicht riechen, aber nahe genug, um auf sie aufzupassen."

Als sie drinnen waren, holte er eine Decke aus der

Sattelkammer und breitete sie auf einem Stapel Heu aus, um eine provisorische Bank daraus zu machen. „Setz dich", sagte er.

„Okay. Ich sitze. Was ist los?"

„Es geht um William." Ihre Augenbrauen runzelten sich und er nahm ihre kalte Hand in seine. „Es gab einen Unfall." Es war nie einfach, so etwas zu sagen. „Er ist tot."

Sie rang nach Luft und ihre freie Hand flog zu ihrem Mund. Ihre Augen studierten seine und hinterfragten die Richtigkeit seiner Aussage. Dann atmete sie langsam aus. „Was ist passiert? Ist jemand verletzt?"

Brooks schüttelte den Kopf. „Er war nicht in Übersee."

Die Linien auf ihrer Stirn wurden tiefer. „Boston?"

Brooks schüttelte erneut den Kopf und drückte ihre Hand. „Toni, er war hier. Wahrscheinlich, um dich zu holen. Der Ast ist auf ihn gefallen und hat sein Genick gebrochen. Er war sofort tot."

„Bist du sicher?"

„Dass er tot ist? Ja. Dass es William ist?" Er nickte. „D.J. hat ihn identifiziert, aber du musst es bestätigen."

Schweigend nickte sie und er ging all die Dinge durch, die er in einem anderen Szenarium tun oder sagen würde. Nichts davon machte für das hier Sinn.

„Ich sollte traurig sein. Oder mich zumindest schlecht fühlen." Sie schloss die Augen. „Bin ich ein schlechter Mensch, weil ich mich erleichtert fühle?"

„Nein. Das ist menschlich. William war manipulativ und hat dich misshandelt. Erleichterung zu verspüren ist da etwas völlig Normales."

Sie öffnete die Augen und starrte auf ihre Hände. Sekunden vergingen in denen ihr weitere verrückte Ideen durch den Kopf gingen.

„Ich muss nach Hause und die Beerdigung

arrangieren.“

„Hat er Familie?“

„Ja.“ Ihr Blick wanderte zum Hauptgang und verharrte dort einen Augenblick. „Ich will sie nicht sehen. Ich will nicht vorgeben, eine trauernde Witwe zu sein.“

„Du musst gar nichts vorgeben.“

„Ich will nicht respektlos sein. Es würde falsch aussehen, wenn ich nicht dort bin. Ich mochte seine Mutter nie, aber trotzdem …“

Sei neigte ihren Kopf zu Seite und starrte ins Nichts. Er konnte sich nicht vorstellen, was sie gerade fühlen musste. Ihr Mund öffnete und schloss sich, aber es drang kein Ton heraus. Als sie erneut nach Worten rang, legte er einen Finger auf ihre Lippen. „Das ist kompliziert. Es waren viele Jahre mit William. Es ist in Ordnung, wenn du Zeit zum Nachdenken brauchst.“

Toni atmete tief durch.

„Aber wenn du bereit bist“, fuhr er fort, „werde ich darauf warten, wie es weitergeht.“

Ihr Blick erweichte und sie drückte seine Hand. „Ich denke, das würde mir gefallen. Sehr sogar.“

„Das ist deine letzte Chance. Wenn du es dir nochmal anders überlegst, musst du eine Tiefkühltorte anschneiden.“ Die letzten paar Tage waren ein Sturm aus Hochs und Tiefs für Toni gewesen. Zum ersten Mal seit Jahren war sie wirklich glücklich und zufrieden. Hier in Texas war es wie im Himmel. Bis auf das Problem mit Charlotte Thomas und selbst das wirkte nicht mehr so schlimm, da sie wusste, dass D.J. nun involviert war und Jake genau beobachtete.

„Keine Änderungen mehr. Wir nehmen den weißen

Kuchen, Schokolade und Banane. Aber bist du dir absolut sicher, dass du das tun willst, Toni? Das ist eine kleine Stadt, den Termin verschieben wäre nicht unmöglich." Meg stand still und betrachtete ihre Freundin aufmerksam.

„Unsinn." Sie und Meg führten diese Unterhaltung schon seit Tagen. „Deine Eltern und Freunde haben sich diesen Termin freigemacht und hier haben sich alle den Arsch aufgerissen, um dieses Haus für Besuch vorzubereiten. Das Zelt für die Feier wird morgen auf der Ranch aufgestellt und ich denke, wenn du Eileen noch eine Woche warten lässt, stirbt sie vor Aufregung."

„Bei Eileen hast du vielleicht recht. Adam sagt, dass sie die Rancharbeiter schon seit Wochen verrückt macht."

„Siehst du." Toni seufzte laut. „Es geht mir gut. Williams Mutter und Schwester haben das Ergebnis des Gerichtsmediziners, dass es ein Unfall war, nicht in Frage gestellt. Falscher Ort, falscher Zeitpunkt, das passiert. Niemand hat meine Törtchen oder Eileens Gewehr erwähnt. Seine Familie bestand darauf, alles zu arrangieren und wegen der Autopsie und der Überführung der Leiche wird die Beerdigung erst nächste Woche stattfinden können. Also, du siehst, dass es für mich in Boston nichts zu tun gibt und es keinen Grund gibt, die Trauung zu verschieben." Toni wandte sich wieder dem Backen zu. „Außerdem mochtest du William nicht einmal."

„Das stimmt zwar, aber es wirkt irgendwie respektlos, nach dem Unfall vom Samstag, eine große Hochzeitszeremonie abzuhalten." Meg blickte aus dem Küchenfenster und atmete tief ein. „Aber der Hauptgrund ist, dass ich mich um dich sorge."

Toni schob den Teig zur Seite und drehte sich zu ihrer Freundin um. „Ich will nicht lügen, es ist gerade viel los. Aber auf nichts freue ich mich mehr, als darauf, zu sehen, wie du den Mann deiner Träume heiratest."

„Besser." Meg lachte und drehte sich zu Toni. „Ich habe von Chris Hemsworth und Zach Efron geträumt. Adam stellt die beiden in den Schatten."

„Das tut er." Toni lächelte ihre Freundin an. *Und Brooks stellt Adam und die anderen in den Schatten.*

„Klopf, klopf."

Tonis Herz machte einen Satz, als sie Brooks Stimme hörte. Seit dem Vorfall war er jede freie Minute bei ihr gewesen, um ihr zu helfen, dieses Durcheinander zu verarbeiten. Fast vierundzwanzig Stunden täglich, ohne das Bett mit ihr zu teilen.

„Gut", Brooks stellte die Schachtel auf die Arbeitsfläche und zog die erste Flasche heraus. „Die Schwestern haben extra Grand Marnier und Butterscotch bestellt. Scheinbar liebt Sissy die Orangene und Sister die mit Banane und Butterscotch. Sie wollen sicherstellen, dass genug für die ganze Feier da ist."

„Und vermutlich etwas zum Mitnehmen übrig bleibt." Mit Topfhandschuhen zog Toni ein frisches Blech aus dem großen Ofen. „Ich liebe diese Küche."

„Gut." Meg nahm ihre To-Do-Liste von der anderen Arbeitsfläche und drückte sie an ihre Brust. „Denn jetzt hast du keine Ausrede mehr, nicht hier zu bleiben und mit zu helfen, diesen Laden in Schwung zu kriegen. Bei mir würde es nur Haferbrei und ein- gefrorene Waffeln geben."

„Du weißt, dass du mehr drauf hast."

„Vielleicht." Meg grinste und ging zur Tür. „Aber das müssen wir jetzt nicht herausfinden. Ich muss noch ein paar Anrufe machen. Wenn Adam kommt, sagt ihm, dass ich in meinem Büro bin."

„Wird erledigt."

Brooks nahm die letzte Flasche Schnaps, die die Schwestern für Toni bestellt hatten, aus der Schachtel. „Wie viel Arbeit hast du noch vor dir?"

„Nur noch ein Blech, dann ist Schluss für heute."

Mit dem Rücken zur Wand lehnte sich Brooks gegen ein Schränkchen und verschränkte die Knöchel. „Ich könnte dir den ganzen Tag beim Backen zusehen."

„Oh, das klingt aufregend." Toni goss den Teig in gefettete Förmchen.

„Du siehst gut aus." Er stieß sich von der Arbeitsfläche weg. „Du bist erstaunlich."

„Es sind nur Törtchen."

„Das meinte ich nicht." Er ging mit ein paar großen Schritten zum Ofen hinüber und öffnete ihn für sie. „Du hast so viel durchgemacht und doch bist du hier und machst weiter, als wäre es ein ganz normaler Tag. Ich erwarte immer, dass du jeden Augenblick zusammenbrichst. Dass du mich brauchst, um dich aufzufangen. Dich zu halten. Aber nichts. Du bist stärker, als du aussiehst, Toni."

Noch vor einer Woche wäre es eine Herausforderung gewesen, so nahe bei Brooks zu stehen. Ihre Gedanken wären vernebelt und ihr Herz würde rasen. „Die Woche gab es ein paar Tage, an denen ich mir darüber nicht so sicher war."

Brooks wartete, bis sie den Ofen schloss und kam dann näher. „Du machst dir doch nicht immer noch Vorwürfe?"

Ihr Kopf bewegte sich nach unten und dann von einer Seite zur anderen, kein wirkliches Nicken, kein wirkliches Kopfschütteln, nicht einmal etwas dazwischen. „Jeden Tag wache ich auf und denke, dass ich etwas hätte anders machen können. Dass das irgendwie meine Schuld ist. Wenn ich nicht die Scheidung eingereicht hätte. Nicht so feige gewesen wäre, ihn erst zu verlassen, als er weg war. Nur eine

Sache anders gemacht hätte, vielleicht –"

„Toni –"

„Nein. Lass mich ausreden. Immer wenn ich mir all diese Vorwürfe gemacht habe, erkenne ich, dass es dabei nie um mich ging. Keine Frau hätte ihn glücklich machen können. Nicht einmal seine Geliebte."

Brooks zuckte zusammen. Toni war sich ziemlich sicher, dass die Tatsache, dass William sie betrogen hatte, Brooks mehr aufwühlte als sie. Doch zu verstehen, dass William genauso gut Toni anstatt seiner Freundin krankenhausreif hätte schlagen können, war für sie beide ernüchternd.

Leicht fuhr er mit seinen Fingern über ihren Unterarm. „Jeder Mann wäre stolz und geehrt, dich zur Frau zu haben."

„Diese Worte und die sanfte Berührung, zusammen mit der Intensität seines Blicks, als er ihr in die Augen sah, ließen Tonis Herz galoppieren. Nach allem, was sie durchgemacht hatte, und all den Vorsätzen, nie wieder einem Mann zu vertrauen, wie war es da möglich, dass sie sich so schnell wieder verliebt hatte? „Oh mein Gott."

„Was?" Besorgnis überzog sein Gesicht, seine andere Hand hob sich, um sie in seine starken Arme zu schließen. Nicht, um sie zu kontrollieren, sondern, um sie zu beschützen, für sie da zu sein …

„Ich liebe dich." Die Worte taumelten heraus und klangen in ihren Ohren ebenso überraschend, wie gerade noch in ihrem Kopf. Es war kein Schwärmen oder Verlangen. Sie liebte diesen Mann bis in ihre Zehenspitzen. So wie sie noch nie zuvor jemanden geliebt hatte. Und sie gestand es ihm mitten in der Küche stehend, voller Mehl und umgeben von Hochzeitstörtchen.

Überraschung öffnete seine Augen und langsam entspannte sich sein Gesicht, als er tief in ihre Augen blickte, sie studierte, musterte, nach der Wahrheit suchte. Sie wusste, dass er sie gefunden hatte, als seine Mundwinkel nach oben wanderten. „Ich denke, das ist etwas Gutes, denn ich verliebte mich in dem Moment in dich, als du diesem streunenden Hund sagtest, dass ich ein *großer, böser Mann* bin."

Das brachte sie zum Lachen. Zum ersten Mal seit Tagen fühlte sie sich erleichtert, wirklich erleichtert. Dann senkte sich sein Mund mit einem Verlangen auf ihren, das sie noch nie bei ihm gesehen hatte. Einer Leidenschaft, die in Zaum gehalten worden war und nun entfesselt werden durfte. Guter Gott, ihr Herz pochte und drehte sich. Sie konnte ihn nicht nahe genug an sich ziehen, als sie zum ersten Mal seine feuchte Zungenspitze spürte, die um Einlass bettelte.

Der Ofen-Timer piepste und es war ihr völlig egal. Lange Finger fuhren durch ihr Haar und zogen sie an ihn. Die Hand auf ihrer Hüfte packte sie fester und ließ nur noch mehr Hitze in ihr aufsteigen.

Schritte erklangen in der Ferne, aber Toni hörte nicht auf. Diesen Mann den Rest ihres Lebens zu küssen, hörte sich nach dem besten Plan an, den sie je gehabt hatte. Und falls das nur ein Traum war, wollte sie nicht daraus erwachen.

Der Timer verstummte und eine tiefe männliche Stimme ertönte in der Ferne: „Was zum Teufel?"

In ihrem Kopf erkannte Toni Adams Stimme und doch war es ihr egal.

„Das habe ich mir auch gerade gedacht", sagte Meg, die vermutlich der Grund war, warum das unausstehliche Piepsen des Ofen-Timers den Raum nicht mehr erfüllte.

Brooks ließ seine Hand aus ihrem Haar gleiten und legte sie an ihre Hüfte. Dann wich er langsam zurück, gerade so weit, bis seine Lippen die ihren nicht mehr berührten. Aber noch nahe genug, dass sein Atem das lodernde Feuer in ihr weiter schürte. Nahe genug, dass nur sie hören konnte: „Ich liebe dich, Toni."

Adam räusperte sich und Megs Schritte wanderten von dieser Seite der Küche hinüber zu ihrem Verlobten. „Lass uns gehen, mein Hübscher."

„Aber …"

„Nicht jetzt, Schatz. Es ist sicher noch etwas Zeit, bis Toni und ich Schwestern werden."

„Aber …"

„Sieh es so", Megs Stimme verblasste, als sie den Raum verließen. „Sobald sich Tante Eileen an die Vorstellung gewöhnt hat, wird sie überglücklich sein, dass nur noch fünf ledige Farradays übrig sind."

EPILOG

„**G**uter Gott. Das ist eine Krawatte, kein Galgenstrick." Adam schob seinen Finger unter die Krawatte und lockerte den Knoten, den Connor gebunden hatte.

„Wenn du selber Krawatten binden könntest …" Connor sprach den Satz nicht zu Ende.

„Ich mach des." Brooks trat vor den ältesten Farraday-Sohn und richtete die Krawatte, die zu dem neuen Hemd und dem dunklen Anzug passte.

Es klopfte an der Tür. „Bereit oder nicht, ich komme rein." Grace, das Küken der Familie steckte ihren Kopf ins Ankleidezimmer des Bräutigams. „Sind die Herren fertig? Die Gäste kommen jede Minute, Tante Eileen tigert schon die ganze Zeit den Gang auf und ab und Meg ist wahrscheinlich die erste Braut der Geschichte, die vor ihrem Ehemann fertig ist. Also fangen wir endlich an."

„Kaum studiert ein Mädchen Jura, wird es zu einer Tyrannin." Connor liebte es, ein paar Tage mit dem ganzen Farraday-Clan verbringen zu können. Selbst Ethan hatte für die Hochzeit Heimaturlaub bekommen.

Trotz der aufwändigen Hochsteckfrisur, dem Make-up und ihrer weiblichen Figur, sah Connor nur ein temperamentvolles Mädchen, das von ihren Brüdern genervt war. „Ich weiß nur, dass ihr unten sein solltet, bevor die ersten Gäste eintreffen. Ich bin nicht verantwortlich für das, was Tante Eileen mit euch macht, wenn ihr nicht fertig sein." Mit einem breiten

Grinsen zog Grace ihren Kopf aus der Tür und zog sie hinter sich zu.

„Du brauchst sicher nicht alle von uns, um die die Krawatte zu binden." D.J. richtete den Knoten seiner Krawatte noch einmal und griff nach dem Türknauf.

„Ich komme mit." Finn folgte seinem Bruder. „Wir beide sollten erstmal reichen, um Tante Eileen davon abzuhalten, einen Herzinfarkt zu bekommen."

„Es brauchte mehr als eine kleine Hochzeit, um Tante Eileen in die Knie zu zwingen." Connor schüttelte den Kopf und folgte Finn. „Aber nur für den Fall …"

Die vier jüngsten Farraday-Brüder versammelten sich im Vorraum der Kirche. „Also, erzähl", Connor lehnte sich zu dem einzigen Bruder, der immer noch im aktiven Dienst beim Militär war, „war es Bestechung oder Erpressung, die dir den Heimaturlaub beschert hat?"

„Weder noch. Das Timing stimmte einfach." Etwas zu spät setzte Ethan ein Grinsen auf, das Connor vermutlich beruhigen sollte, aber ihn nur noch mehr besorgte. Er war lange genug bei den Marines gewesen, um zu wissen, dass solche Zufälle selten eintrafen. Etwas stimmte nicht mit Ethan und seine Nackenhaare sagten Connor, dass die Farradays es nie erfahren würden, nicht einmal am Fuße eines mit einer Flagge bedeckten Sargs.

„Hey, wieso schaut ihr beiden so, wie damals, als Dad uns erwischt hat, als wir das Haus der Rankins mit Klopapier geschmückt haben?" Becky Wilson kam aus dem kleinen Raum an der Seite der Kirche, wo Meg und die Brautjungfern sich herrichteten und warteten, vor den Altar geführt zu werden. Ihr Blick lag auf Ethan. „Die Uniform steht dir gut." Ihr Grinsen war gewaltig und Adam hatte recht, ihre Augen leuchteten immer noch auf, wenn sie Ethan ansah, wie bei einem Kind mit seinem Lieblingsspielzeug.

Connor wandte seine Aufmerksamkeit seinem

Bruder zu, der das Blau der Marines trug. Der Kerl war zwar ein brillanter Pilot, aber ein Idiot, wenn es um Becky ging. Jeder Mann würde töten, um ein Mädchen wie sie zu haben, das ihn so bewunderte. Besonders eines so süß wie Becky.

„Köpfe hoch. Es geht los." Ethan ging zu der massiven Eichentür und reichte Sally May seinen Ellbogen. Die Schleusentore waren geöffnet. Als wäre ein Startschuss abgefeuert worden, schwärmten die Gäste in die Kirche und verteilten sich zu beiden Seiten auf die Bankreihen.

Als die Brüder sich links vor dem Altar aufreihten und die alte Orgel zu spielen begann, war Connor vermutlich fast so aufgeregt wie Adam. Nur dass der Mann, der es vor dreißig Minuten nicht selbst geschafft hatte, seine eigene Krawatte zu binden, nun vor dem Altar stand und wie ein Leuchtturm an der Küste erstrahlte. Kein Anzeichen von Nervosität war zu sehen als seine Augen auf die Schönheit in dem fließenden weißen Kleid gerichtet waren. Connor bekam fast eine Gänsehaut.

Neben Adam stand Brooks als sein Trauzeuge, der wegen der Verantwortung über die Ringe schwitzen sollte. Doch er hatte nur Augen für Toni, die vor Meg in Richtung Altar schritt. Nur ein paar Monate und zwei Brüder waren vom Markt. Und glücklicher hatte Connor diese zwei noch nie gesehen. Ohne Zweifel würde er bald für eine weitere Farraday-Hochzeit in der Stadt sein. Obwohl er unter gegebenen Umständen annahm, dass diese etwas kleiner ausfallen würde. Aber was wusste er schon. Außer dass er es mit bloßen Händen mit Drachen, Riesen und wilden Bestien aufnehmen würde, wenn ihm das zur richtigen Frau führte.

EXCERPT: CONNORS

HERZENSWUNSCH

„**D**u meine Güte, Ralph!" Eileen Callahan machte einen Schritt zurück, während sie sich noch am Türgriff des oberen Schlafzimmers festhielt. „Wann warst du in diesem Zimmer?"

Ralph Brennan, der Nachbar der Farrady-Ranch, der schon hier lebte, bevor Eileen zur Familie ihrer verstorbenen Schwester gezogen war, stellte sich neben sie. „Eine Weile, schätze ich."

„Eine Weile?" Sie blickte ihn an. Seit Marjorie Brennen vor einigen Jahren verstorben war, war sie nicht mehr im Obergeschoss des gepflegten Hauses gewesen. Alles sah genauso aus wie früher, selbst Marjories Nähzimmer inklusive des Stapels rosafarbenen Stoffs, aus dem sie Grace' Geburtstagskleid für ihren dritten Geburtstag genäht hatte. Eileen atmete tief durch und begutachtete die weiteren Räume im Obergeschoss. Es war sauber und aufgeräumt, Marjorie wäre stolz auf ihren Mann gewesen. Die Zeit schien im Haus der Brennans still gestanden zu sein.

„Ich denke, es ist an der Zeit."

Eileen zog die Augenbrauen hoch, doch aus Respekt gegenüber dem beinahe neunzigjährigen Mann unterdrückte sie das *du denkst?*, das ihr auf der Zunge lag.

„Ich sagte Catherine, dass ich bald bei ihr bin. Aber zuerst muss ich dieses alte Haus auf Vordermann bringen. Ich möchte nicht, dass Fremde Marjories Sachen durchwühlen.

Eileen musste kurz überlegen, wer Catherine war – seine Enkeltochter. Eileen hatte sie nie getroffen, doch als Ralphs Frau nach einem langen Kampf gegen den Krebs verstarb, war das Mädchen oft Gesprächsthema am Esstisch der Farraday-Ranch. „Du wirst deine Enkelin besuchen?"

Der alte Mann lächelte. „Ja. Sie ist eine erfolgreiche Anwältin oben in Chicago. Schwer, sie nach Tuckers Bluff zu bekommen, aber ich habe ihr gesagt, ich komme sie besuchen, sobald ich die Dinge hier geregelt habe."

Eileen blickte den Flur entlang. Wenn er seine Enkelin noch in diesem Jahrtausend besuchen wollte, musste Eileen etwas Unterstützung zusammentrommeln. „Ich werde Hilfe brauchen."

Ralph Brennan blinzelte. „Welche Art Hilfe?"

„Mehr Hände. Oder du wirst Catherine noch ziemlich lange nicht zu Gesicht bekommen."

„Hab' sie schon getroffen." Der alte Mann grinste sie an.

„Wann hast du die Stadt verlassen?" Vielleicht war die alte Ziege nicht so blitzgescheit wie alle dachten.

„Ich habe die Ranch nicht verlassen. Ich habe sie auf dem neumodischen Apparat gesehen, den sie mir geschickt hat."

Neumodischer Apparat?

Ralph ging die Treppe hinunter. Eileen fand, sie hatte hier oben genug gesehen und folgte ihm. Unten angekommen ging er nach rechts in sein Büro. Dort befanden sich wahrscheinlich Aufzeichnungen der letzten fünfzig Jahre über das Geschäft der Brennans –

handschriftlich verfasst. „Dieses Ding hier."

Eileen schmunzelte, froh darüber, dass der alte Mann nicht den Verstand verlor. „Ein Tablet."

Ralph zuckte die Achseln und schenkte ihr ein zahnloses Lächeln. „Sie ist bildhübsch. Sieht genauso aus wie ihre Mama, wenn sie lächelt." Er wischte über den Bildschirm und ein Foto seiner nun erwachsenen Enkelin erschien.

„Sie ist wunderschön. Ich hoffe, sie kommt irgendwann hierher."

„Ich weiß nicht. Darauf habe ich fast ein Jahr lang gewartet und schließlich aufgegeben. Danach haben wir vereinbart, dass meine alten Knochen in den Norden aufbrechen werden. So ist es für Stacey besser."

„Das kleine Mädchen?"

„Ihr kleines Mädchen. Zuckersüß." Kurz legte sich seine Stirn in Falten.

„Stimmt etwas nicht?", fragte Eileen vorsichtig. Ralph war kein Mann vieler Worte, daher wusste sie, ihre einzige Chance herauszufinden, was seine Laune trübte, war zu hoffen, dass sie ihm mit der Frage nicht auf die Füße trat.

„Ich weiß nicht. Die Kleine lächelt nie und spricht nicht. Catherine sagt, sie ist Fremden gegenüber nur schüchtern."

„Viele Kinder sind so."

„Vielleicht." Er schnaubte und rieb die Hände aneinander. „Ich war nicht besonders begeistert darüber, hier wegzugehen. Doch jetzt, wo es entschieden ist, freue ich mich darauf. Wann können wir loslegen?"

„Ich denke, als erstes sollten wir mit Marjories Nähzimmer beginnen. Für das ganze Material gibt es sicher viele Interessenten in der Stadt. Vielleicht fangen wir wieder mit dem Quilt-Nähen an."

„Marjorie liebte es, diese Babydecken zu nähen. Nichts machte sie glücklicher, als unter Kindern zu sein. Ich habe immer gesagt, es war schade, dass sie nicht mehr Kinder bekommen hatte. Doch vermutlich war Gott der Meinung, eines wäre genug."

Eileen lächelte ihn an. „Glaub mir, es gab Zeiten, da wären wir froh gewesen, wenn ihr euch einen unserer Jungs ausgeliehen hättet. Oder zwei."

„Du hast die Jungs gut erzogen. Es freut mich zu wissen, dass hier eines Tages wieder Farraday-Kinder aufwachsen."

„Wieder?"

„Mein Urgroßvater hatte dieses Stück Land vom ersten Farraday gekauft. Seine Frau wollte nicht so weit draußen wohnen. Sie kam aus dem Norden, der Gegend um Bosten. Wie auch immer. Es war schwer für sie, sich ans Leben auf einer Ranch zu gewöhnen. Die Einsamkeit war das Schlimmste für sie. Der alte Farraday hatte Angst, dass sie den Verstand verlieren könnte und verkaufte das Land an meine Vorfahren, mit der Bedingung, dass das Haus nahe der Grundstücksgrenze erbaut werden musste. So konnten sich die Frauen gegenseitig besuchen. Das klappte gut, da beide Frauen aus der Stadt kamen."

„Diese Geschichte kannte ich gar nicht." Eileen fragte sich, was der alte Kautz noch so wusste und für sich behielt. „Mehr gibt es darüber nicht zu erzählen. Seither waren die Farradays und die Brennans Nachbarn."

„Keine geheimen Fehden?", neckte Eileen.

„Ne." Ralph verlagerte sein Gewicht. „Nicht einmal Gezanke. Aber meine Schwester Edna wäre beinahe mit Seans Onkel George durchgebrannt. Das war jahrelang das Gesprächsthema der Klatschweiber der Stadt. Edna war erst vierzehn und sie und George waren bis nach Butler Springs gekommen."

„Wirklich?" Eileen musste Sean fragen, ob er die Geschichte kannte. Ansonsten wusste sie, was das Gesprächsthema der nächsten Farraday-Familienfeier sein würde.

„Törichte Kinder. Zwei Jahre später heiratete Edna einen der Turner Jungs und zog nach Butler Springs. Und dein Onkel George lernte seine Martha kennen und zog zu ihr an den Waldrand. Und dafür die ganze Aufregung damals."

„Nun, klingt jedenfalls aufregend. Also," Eileen klatschte in die Hände, „warum suchst du dir nicht eine Beschäftigung und ich fange oben an."

„Wenn es dich nicht stört, es ist Zeit für mein Mittagsschläfchen. Ich werde mich etwas hinsetzten und fernsehen. Maria hat einen Krug Limonade in den Kühlschrank gestellt."

„Setz dich und ich hole uns zwei Gläser."

Ralph lächelte. „Du bist eine gute Seele, Eileen. Du hast dich deiner Schwester gegenüber anständig verhalten. Und jetzt verhältst du dich meiner Marjorie gegenüber anständig.

„Dafür sind Nachbarn doch da, Ralph." Es kam nicht oft vor, dass der frühe Tod ihrer Schwester sie noch so traf. In diesem Haus, wo die Zeit scheinbar stehengeblieben war, schien der Verlust jedoch frischer als eh und je. Eileen ging in die veraltete Küche. Während die Küche der Farradays kurz nach ihrer renoviert worden war, sah die Küche der Brennans aus, als wäre sie aus einer Siebziger Jahre Sitcom. Herbstgold war die dominierende Farbe. Das einzige moderne war die Mikrowelle aus Edelstahl, die in der Ecke stand. Selbst der Kühlschrank war noch das Modell von einst. Eileen konnte nicht glauben, dass das Teil noch funktionierte. Andererseits sollte es sie nicht überraschen. Der Kühlschrank stammte aus einer Zeit, in der Geräte noch gebaut wurden, um ein Leben lang zu halten. Oder in diesem speziellen Fall – mehrere Leben lang. Mit zwei kühlen Getränken in den Händen kehrte Eileen in das große Wohnzimmer zurück. „Bitte sehr, Ralph."

Seine Augen waren geschlossen und auf seinen Lippen lag einem Lächeln und sie sah keinen Grund, seinen friedlichen Schlaf zu stören. Sie stellte das Glas auf den Tisch neben ihm und ein seltsames Gefühl kroch ihr den Rücken hinauf. Ihr Herz pochte und sie betrachtete sein friedliches Lächeln genauer. „Ralph", flüsterte sie, während sie langsam nach seinem Arm griff. Eileen drückte zwei Finger auf die Innenseite seines Handgelenks.

Sie schloss die Augen und legte dieselben Finger an seinen Hals. „Oh, Ralph."

KAPITEL ZWEI

Das Wissen, dass das Brennan-Anwesen bald ihm gehören würde, war das Einzige, was Connor Farraday davon abhielt, diesen neuen Deckhelfer über Bord zu werfen. Hand aufs Herz, dieser Mann schaffte es nicht, ihm aus dem Weg zu gehen. Es war harte Arbeit, ein Rohr auf einer Bohrinsel zu transportieren. An einem windigen Tag war es die Hölle und dieser Junge kapierte das nicht. Er müsste eine paar Tage in einem Bohr Camp auf dem Festland verbringen, wo er Gräben ausheben musste, bis er lernte, das zu tun, was man ihm sagte, wenn man es ihm sagte.

Unter diesen Bedingungen würde Connor es keinen weiteren Tag länger durchstehen, geschweige denn, die ganze kommende Woche bis zum Ende seines Turnus. Fünfzehn Tage Arbeit, sieben Tage frei. Er ging schon einige Zeit lang an sein Limit und nahm nicht die empfohlenen zwei Wochen frei, um sich zusätzliches Geld anzusparen. Er hatte langsam genug von diesem Kindergarten. Während seines Militärdienstes für Uncle Sam war ihm ziemlich schnell klar geworden, dass er nicht sein Leben lang Befehle ausführen wollte. Nicht für das Geld, das er beim Marine Corps verdiente. Auf einer Ölplattform zu arbeiten, egal ob an Land oder auf See, war Schwerstarbeit, bei der man verdammt gut verdiente. Er mochte die Aufregung, das rege Treiben, die ständigen Herausforderungen. Viele

Männer machten diese Arbeit nur ein oder zwei Jahre, steckten das Geld ein und gingen wieder. Er aber hatte größere Pläne und nun war es an der Zeit, dass die harte Arbeit sich auszahlte.

„Leg dich richtig rein", rief einer der Arbeiter dem Jungen zu.

Als er ihm ins Gesicht blickte, sah Connor die Sonnenbrille. „Wo zur Hölle ist deine Schutzbrille?"

„In meinem Zimmer."

Ein super Ort, um Schutzausrüstung aufzubewahren. Einen kurzen Augenblick lang dachte Connor darüber nach, ihn zu fragen, ob er seine Kondome auch die ganze Nacht über in der Verpackung aufbewahrte. Nichts von beidem würde ihm etwas nützen. „Wofür brauchst du mitten in der Nacht eine Sonnenbrille?"

„Die ist von Versace."

Wie konnte einer wie er nur an den Schlipsträgern vorbeikommen und unter Connors Zuständigkeit fallen? Der Junge würde sich vermutlich noch selbst umbringen, falls er zuvor nicht weinend nach Hause zu Mama lief, weil ihm ein Schraubenzieher auf den Fuß gefallen war. Oder noch schlimmer, jemand anderen umbringen, falls er nicht endlich anfing, einfach das zu tun, was man ihm sagte. „Hol deine verdammte Schutzbrille. Und wenn ich dich nochmal mit dieser Sonnenbrille hier sehe, wird es das letzte Mal gewesen sein, dass *du* sie gesehen hast. Verstanden?"

Der Junge hätte einfach nicken können, doch sein Blick sagte Connor klar und deutlich, dass er nicht kapierte. Wenn für ihn nicht bereits Licht am Ende des Tunnels zu sehen wäre, würde diese Schicht Connor vermutlich dazu bringen, wieder für Uncle Sam zu arbeiten. Idioten wie dieser Neuling waren das extra Geld nicht wert.

Nach der Hälfte seiner Zwölf-Stunden-Schicht war der Sonnenaufgang an diesem speziellen Morgen besonders schön. Fast wie eine Entschuldigung Gottes dafür, dass Connor sich mit diesem dummen Jungen herumschlagen musste. Die ruhige Kulisse für einen der gefährlichsten Jobs auf diesem Planeten.

Unter Deck in der Küche kippte Connor einen weiteren Energydrink hinunter, stellte sich in der Schlange an und belud seinen Teller. Sie hatten bei ihrer Arbeit eine Menge Kalorien verbraucht und es war an der Zeit, die Reserven aufzufüllen.

Als er zur selben Zeit Steak und Kartoffeln verputzte, wie seine Familie zu Hause Eier mit Speck zum Frühstück servierte, war es nicht verwunderlich, dass auf seinem Telefon ein Anruf seines Vaters einging. „Hey, Dad. Was bringt dich dazu, so früh am Tag anzurufen?"

„Ich dachte, es interessiert dich, dass Ralph Brennan gestern gestorben ist."

Connors Gabel machte mitten auf dem Weg zu seinem Mund halt. „Was ist passiert?"

„Altersschwäche. Er setzte sich, schloss die Augen und schlief ein. Deine Tante Eileen war bei ihm."

„Geht es ihr gut?"

„Ja, er ging ganz friedlich. Sie hätte nichts für ihn tun können."

„Wow. Ich weiß ja, dass er alt war, aber das habe ich nicht kommen sehen."

„Noch etwas, das du wissen solltest."

Wenn die Stimme seines Vaters tiefer wurde, bedeutete das selten gute Neuigkeiten. „Was?"

„Seine Enkelin kommt hierher."

„Enkelin? Dieses Gör?"

„Das kann ich nicht beurteilen. Jedenfalls hat sie am Telefon mit Andy einiges arrangiert. Sie braucht noch etwas Zeit. Die Beerdigung wird also erst stattfinden, wenn sie da ist. In einer Woche etwa."

„Ein langer Weg, um sich von jemanden zu

verabschieden, für den man wie lange keine Zeit gehabt hat. Zwanzig, fünfundzwanzig Jahre?"

„Das ist die eine Sache. Sie kommt auch her, um zu entscheiden, was mit der Ranch passieren soll."

Was noch auf seinem Teller lag, sah nicht mehr besonders appetitlich aus. „Was gibt es da zu entscheiden? Ich werde sie kaufen."

„Nun ja." Sein Vater zögerte länger, als Connor lieb war. „Ich weiß das und du weißt das. Und vermutlich wusste das auch Ralph. Aber wie es scheint, weiß seine Enkeltochter das nicht."

Connor schob seinen halb leer gegessenen Teller weg. „Nun, das werden wir noch sehen."

„Warum warten die Leute immer, bis es zu spät ist?", murmelte Catherine Hammond an ihre Assistentin Susan gerichtet.

„Soll ich darauf antworten?" Susan sah sie mit hochgezogenen Augenbrauen an.

Sie richtete ihren Blick wieder auf das Foto ihres Großvaters und schüttelte den Kopf „Ich hätte fahren sollen, als er das erste Mal gefragt hat."

„Du warst mitten im Buchanan Prozess. Du hättest nicht fahren können, ohne deinen Vater zu verärgern. Und offen gestanden, Connie hätte den Vorsitz nicht gepackt. Sie war nicht bereit."

Das waren die Gründe, die auch Catherine sich einredete. Es wäre Connie, der Firma und ihrem Vater gegenüber nicht fair gewesen. Er hatte die letzten Jahre viel riskiert, ihr die wichtigen Fälle zu übergeben. „Trotzdem …"

„Du hättest nichts tun können." Susan stellte einen Stapel Unterlagen auf dem Schreibtisch ab und nahm einen anderen, der archiviert werden sollte.

„Ich hätte danach gehen können. Ich hätte Medcalfs Berufung ablehnen können."

„Nicht, wenn du Partner werden willst. Du weißt genauso gut wie ich, die Familienkarte auszuspielen geht nicht, wenn man bei den großen Jungs mitspielen möchte."

Wenn irgendjemand das wusste, dann Catherine. Sie hatte ihr Leben lang den Erwartungen ihres Vaters gerecht werden müssen. Hart arbeiten. Ihren Lohn ernten. Da blieb keine Zeit für Familie und Freunde. Und sie hatte sehr hart gearbeitet, Tag und Nacht. Sie hatte die High School als Jahrgangsbeste abgeschlossen, das College mit summa cum laude, war für ihr Jurastudium an die University of Chicago gegangen und hatte schließlich den Sohn des Geschäftspartners ihres Vaters geheiratet – alles, was von ihr erwartet worden war.

Nicht, dass sie für die Hochzeit mit David so viel hatte tun müssen, wie für den Rest ihrer Leistungen. Von ihr war erwartet worden, dass sie aufs College gehen und danach Jura studieren würde, um dann in Daddys Firma einzusteigen. David und sie waren in dem Wissen aufgewachsen, dass sie eines Tages heiraten und eine Familie gründen würden. Sie waren ein Team gewesen, solange sie zurückdenken konnte. Ein gutes Team. Natürlich äußerte sich ihr Vater nie darüber, wie sie beides meistern sollte, Partnerin in der Firma und Mutter zu sein.

„Du weißt, dass du alles erledigen kannst, ohne nach Texas zu fahren?"

Susan hielt Catherine Tag und Nacht den Rücken frei. Natürlich schob Catherine es auf die Tatsache, dass sie vermutlich ihre erste Vorgesetzte war, der Susans Sanduhrfigur egal war. Susan war mit Sicherheit wegen ihres Aussehens eingestellt worden.

Mit über vierzig war sie noch immer eine Wucht. Doch Catherine schätzte vor allem ihren scharfen Verstand. Jede Minute, jeden Tag. „Ich muss. Das schulde ich ihm."

„Wenigstens kann Richter Albanese dich gut leiden. Es wird bestimmt nicht schwierig sein, einen Aufschub zu bekommen."

„Kein Aufschub." Catherine schüttelte den Kopf und blickte auf ihren Bildschirm. Das Lächeln ihres Großvaters verfolgte sie.

„Oh, sehr gut. Du bist wieder zur Vernunft gekommen."

Die Erleichterung in Susans Lächeln machte es für Catherine nicht leichter, ihren Satz zu beenden. Sie wollte ihre Assistentin genauso wenig enttäuschen, wie ihren Vater. „Wir werden den Fall neu bewerten. Es wird den Rest der Woche dauern …" Sie blickte einen Moment lang aus dem Fenster und ließ sich die Namen der Juniorpartner durch den Kopf gehen. Dann grinste sie. „… Connie auf den neuesten Stand der Dinge zu bringen. Wenn sie so gut ist, wie ich denke, ist sie bereit für ihren ersten Vorsitz. Dieser Fall wird ihre Karriere voranbringen."

„Und deine beenden." Susan klammerte sich an einer Aktenmappe fest. „Hast du den Verstand verloren?"

„Nein." Catherine schob ihren Stuhl vom Schreibtisch weg. „Vielleicht habe ich ihn soeben gefunden."

ÜBER CHRIS KENISTON

Chris Keniston ist Autorin von vierzig zeitgenössischen Romanen und lebt mit ihrem Mann, zwei menschlichen Kindern und zwei Hundekindern in einem Vorort von Dallas. Obwohl sie beide Hunde gleichermaßen liebt, gibt sie zu, eine ganz besondere Bindung zu ihrem Deutschen Schäferhund aus dem Tierheim zu haben. Schließlich verdienen auch Hunde ein Happy End.

Auf www.chriskeniston.com erfahren Sie mehr über Chris Keniston und ihre Bücher.

Folgen Sie Chris Keniston auf Facebook unter dem Namen ChrisKenistonAuthor und auf Twitter unter dem Namen @ckenistonauthor.

MEHR BÜCHER

VON CHRIS KENISTON

Weitere Bücher der
Farraday-Country-Reihe:
Adams geheimnisvolle Braut
Brooks' verbotene Sehnsucht
Connors Herzenswunsch
Declans überraschende Begegnung
Ethans Himmel auf Erden
Finns zweite Chance
Graces trautes Heim